Tina Charcoal Burner

DOLCE VITA
- Liebe mit Hindernissen –
    Teil 1

Herstellung und Verlag
BoD - Books on Demand, Norderstedt
Coverfoto Dirk Löcher,
Daniela Köhler
Quellenbezug Wikipedia
© 2022
ISBN 9 783 756 275 960

- Bella Italia -
- Wie alles begann -

Endlich war ich meinen ewig studierenden Freund Ty los.
Er lag mir nur auf der Tasche, ging fremd, machte Schulden und schlug mich bei jeder Gelegenheit, wenn ich nicht sofort spurte.
Mein Dank in dieser Hinsicht, gebührte Massimo, dem Neffen meines Chefs Aldo.
Er hatte vor Tagen, Ty in seine Schranken verwiesen, als dieser mich nach der Arbeit wieder versuchte grün und blau zu schlagen.
Es war mehr oder weniger ein Zufall gewesen, dass er dazu kam.
Ty war mit einer neuen Errungenschaft bei mir in der Pizzeria aufgetaucht und verlangte Geld. Als ich mich weigerte schlug er wieder einmal auf mich ein und verletzte mich erheblich.
Massimo kam in diesem Moment dazu und reagierte entsprechend. Er verprügelte ihn und riet ihm, dass er mich endlich zufrieden lassen sollte.
Vorsichtig zog er mich vom Boden hoch und wischte mir das blutige Gesicht sauber.
„So, ich denke die Fronten sind nun vorerst geklärt! Warum lässt du dir alles von ihm gefallen? Du hast dies überhaupt nicht nötig! Mach endlich Schluss mit ihm, bevor er dich noch totschlägt und schmeiß ihn endlich raus! Er hat dich nicht verdient und nutzt dich nur aus!"
„Danke, Massimo! Du hast recht! Ich werde dies alles nicht mehr dulden und die Beziehung sofort beenden! Danke, dass du mir geholfen hast!"
„Ich werde ihn mir erneut vorknöpfen! Einen guten Rat gebe ich dir jedoch mit auf den Weg! Wechsle dein

Schloss im Haus aus, damit er nicht einfach so bei dir erscheinen kann! Ich traue diesem Typen nicht und werde dich nachhause begleiten!"
Ich nickte nur und nahm das Angebot an.

Ich hatte von meiner verstorbenen Mutter ein kleines Häuschen und etwas Geld geerbt und lebte nun in einem idyllischen, italienischen Dorf, das im Sommer von Touristen überlaufen war.
Nebenbei verdiente ich mir noch etwas dazu, um ein weiteres Studium zu finanzieren und arbeitete in einer Pizzeria an den Abenden als Bedienung.
Mein Chef Aldo war extrem froh, dass er endlich jemanden gefunden hatte, der deutsch, italienisch und englisch beherrschte und auf den er sich jederzeit blindlings verlassen konnte.
Außer mir, gab es in dem kleinen Restaurant noch Pepe, den Koch und Paolo den Pizzaboten. Mit Aldo waren wir ein eingespieltes Team.
Massimo sein Neffe, den ich später kennen lernen würde, sollte meine Zukunft mit beeinflussen.
Nur wussten wir beide das noch nicht und so nahm die Geschichte ihren Lauf.

Kurz nach meinem ersten Studium erreichte mich in gut old Germany, die Nachricht des Notars, meiner Mutter, dass sie mir ein Haus vererbt hatte.
Meine Eltern, beide Italiener, hatten sich im gütlichen Einverständnis getrennt.
Mein Vater war bereits verstorben und ich hatte als Kind wenig Kontakt zu ihm.
Ich war damals gerade vier Jahre alt, als meine Mutter mit mir Hals über Kopf nach Deutschland zog.
Soweit ich zurückdenken konnte, verbrachte ich die

meiste Zeit meines Lebens im Internat.
So machte ich mich nach dem Tod meiner Mutter auf den Weg nach Italien, um mein Erbe zu begutachten und eventuell anzunehmen.
Ich landete in einem idyllischen Dorf der Toskana. Der Notar begrüßte mich herzlich und eröffnete das Testament.
So ganz nebenbei erfuhr ich, dass ich die Tochter eines Adligen war und mir eigentlich die Hälfte eines alten Schlosses zustand.
Ich war völlig überfordert mit dieser Erkenntnis.
Mein Vater war ein Spieler gewesen und hatte das komplette Anwesen in jungen Jahren an einen Freund verloren, mit der Option, dass ein Nachfahre von ihm, im Alter von 28 Jahren, die Hälfte zurück erhielt.
Außerdem erfuhr ich an diesem Tag, dass mein richtiger Name eigentlich Principessa Isabella Dandolo lautete.
Ich hatte auch einen Halbbruder, der zwei Jahre älter war als ich.
Nur kannte ich diesen nicht und er war nirgendwo auffindbar gewesen, sonst wäre er in den Genuss des Schlosses gekommen.
Berlotini hatte versucht ihn zu finden.
Bisher zwecklos und so fiel alles an mich.
Da meine Mutter eine geborene De Luca war, nannte sie mich nach der Scheidung Isabella De Luca.
Allerdings hatte das Erbe auch einen kleinen Haken.
Ich musste, falls der jetzige Erbe männlich war, mit diesem ein Jahr lang unter einem Dach leben und ihn, wenn ich weiblichen Geschlechts war, eventuell bei gegenseitigem Gefallen, heiraten.
Würde ich das ablehnen, ging das komplette Anwesen, an den jetzigen Bewohner über.
Ich schluckte.

„Wo ist denn der jetzige Bewohner und Besitzer dieses Anwesens? Warum ist er zur Testamentseröffnung nicht vor Ort? Was für eine eigenartige Klausel ist das?", fragte ich den Notar.

„Leider war der Conte nicht abgängig und wird sie in den nächsten Tagen kontaktieren. Er freut sich schon, sie kennen zu lernen."

„Ob sich das auf Gegenseitigkeit beruht, glaube ich kaum. Bitte suchen sie nach meinem verschollenen Bruder weiter! Irgendwo muss er ja zu finden sein!", gab ich zurück.

Ich unterschrieb noch einige Schriftstücke und dann gehörten mir das Haus, einige Aktien und ein stattlicher Geldbetrag, den mir meine Mutter vererbt hatte.

Alles andere würde sich ergeben.

Sollte etwas schief laufen, blieb mir zum Glück die Rückreise nach Deutschland. Auch da hatte mir meine Mutter ein Appartement hinterlassen.

Mein derzeitiger Freund Ty, mit dem ich studiert und jahrelang zusammenlebte, hatte mich widerwillig nach Italien begleitet und entwickelte sich nach Wochen vor Ort komplett negativ.

Er entpuppte sich zum Trinker, Schläger, extremen Fremdgänger und ließ es mich spüren.

Mein Chef sprach mich einige Male wiederholt auf die blauen Flecken auf meinen Armen an.

Ich wich seinen Fragen aus und erklärte ihm, dass ich gerade mein Haus renovierte und dies davon kam.

Er nickte.

„Gut, Isabella! Ich glaube dir das zwar nicht wirklich, denn Massimo hat mir gestern etwas anderes erzählt. Ich nehme es jetzt aber einfach so hin. Falls du Hilfe benötigst, so lass es mich wissen."

„Danke, Chef. Ich werde im Notfall auf dein Angebot zurückkommen. Heute habe ich einen erneuten Brief vom Notar meiner Mutter erhalten. Dieser Conte, der zurzeit im Schloss wohnt, möchte sich mit mir treffen und die Klausel dieses Testamentes mit mir so schnell wie möglich besprechen. Darauf habe ich überhaupt keine Lust. Ich werde mich auf nichts einlassen, denn ich bin keine Sklavin, die man einfach verschachert."

„Isabella, du solltest dir im Klaren sein, dass du durch deine Sturheit, dein eigentliches Erbe verspielst."

Ich lachte.

„Aldo, darauf verzichte ich gerne! Mir bleibt das Haus meiner Mutter und damit gebe ich mich mehr als zufrieden. Wer weiß, was dieser Conte für ein Typ ist. Vielleicht irgendein Perversling oder so. Nun, heute Nachmittag werde ich es erfahren. Würdest du mich bitte als Rückendeckung begleiten?"

Aldo nickte.

„Wo liegt dieses Schloss eigentlich? Hier gibt es nur eines in der Nähe und das gehört Massimo."

„Keine Ahnung! Der Notar bringt mich dorthin! Ich kenne keinen Namen und lasse mich überraschen! Ich denke im Nachbarort!"

„Das könnte eventuell sein! Dort gibt es mehrere Schlösser. Kommt denn dein Freund mit?"

Ich schüttelte den Kopf.

Ty hatte kein Interesse mich zu begleiten und zog mit seinen aktuellen Weibern ums Dorf. Wie das wieder ausging, war mir klar. Ich hoffte nur, dass er mich in seinem Suff nicht erneut verprügelte. Er war nur auf mein Geld aus, um seine Aktivitäten zu finanzieren.

Gegen Nachmittag erschien der Notar und dann ging es los.

Auf halber Strecke wurde Aldo sichtlich nervös.

Er wandte sich an den Notar.

„Seniore Berlotini, darf ich erfahren, wie der Besitzer heißt?"

„Ja, es ist Conte Massimo Sforza! Kennen sie ihn?"

Aldo nickte, grinste und blickte mich an.

„Sehr gut sogar, denn es ist mein Neffe!"

Berlotini lachte.

„La chiamo una stupida coincidenza! Conoscevano Principessa Dandolo? - Das nenn ich einen dummen Zufall! Haben sie das gewusst Principessa Dandolo?"

„Nein, dies war mir nicht bewusst und Massimo wird ebenfall überrascht sein, denn er kennt mich nur unter dem Mädchennamen meiner Mutter!"

Mir wurde gerade schlecht und ich bat den Notar, dass er anhielt.

Ich stieg aus und atmete tief durch.

„Geht es ihnen gut? Soll ich zurückfahren und für später einen Termin machen", wurde ich von Berlotini gefragt.

Ich drehte mich zu ihm um.

„Nein, es geht wieder und wir können weiterfahren! Ändert auch nichts an der Tatsache, dass ich es in Angriff nehmen muss. Ist im Moment alle etwas zuviel für mich!"

Langsam stieg ich wieder ein und blickte Aldo an.

„Santo cielo, Aldo! Sono curioso di sapere cosa ha da dire Massimo a riguardo. – Meine Güte, Aldo! Ich bin gespannt, was Massimo dazu sagt."

Aldo war ebenfalls blass geworden.

„Ich glaube, du wirst nicht erbaut von dem sein, was du von eurer gemeinsamen Familiengeschichte zu hören bekommst."

„Okay, ich werde mich überraschen lassen und da du so gut darüber informiert bist, hast du die Chance mich später genauer aufzuklären!"

Kurze Zeit später erreichten wir unser Ziel, als ich bereits Massimo erblickte, der gerade aus dem Haus trat.

Der Notar und Aldo stiegen aus und Massimo blickte beide erstaunt an.

Berlotini schüttelte ihm die Hand und wechselte einige Worte mit ihm. Mir wurde schon wieder übel, was sich noch verstärkte, als er die Autotür öffnete.

„Massimo, darf ich ihnen Principessa Isabella Dandolo vorstellen."

Berlotini reichte mir die Hand und half mir aus dem Auto.

Massimo schaute mich stirnrunzelnd an.

„Du? Kannst du mir erklären, was hier gespielt wird?"

Ich schüttelte den Kopf.

„Nein! Frag den Notar! Ich bin im Moment genauso erstaunt wie du! Mir ist hundeelend! Könnte ich bitte ein Glas Wasser bekommen?"

Massimo nickte, verschwand ihm Haus, um mit dem gewünschten Minuten später zu erscheinen.

„Hier Bella! Geht es dir gut? Du bist leichenblass! Jetzt kommt erstmal herein, damit wir diese eigenartige Geschichte klären können!"

Nachdem Berlotini, Massimo alles erklärt hatte, schaute mich dieser durchdringend an.

Er räusperte sich und richtete dann sein Wort an mich.

„Soll jetzt für mich heißen, dass du bei mir einziehst und ich dich täglich ertragen muss! Leute, wie stellt ihr euch das vor? Die untere Etage ist für so etwas nicht ausgerichtet und in den anderen Etagen wohnt meine Nonna. Wie soll das gehen? Kann Isabella nicht in dem Haus wohnen bleiben, dass sie von ihrer Mutter geerbt hat? Außerdem werde ich Isabella sicher nicht heiraten, nur weil es unsere beiden versoffenen Spielerväter so abgesprochen hatten. Völlig hirnrissig. Ich mache mir gerade Gedanken über diese ganze Sache. Also, eigentlich gehörte das Anwesen hier wohl Isabellas Eltern. Ihr Vater verlor es an meinen wegen einer Wette. Später jedoch wurde festgelegt, dass die Hälfte wieder an die Dandolos zurückfällt, falls irgendwann Nachkommen vorhanden sind. Ein sehr eigenartiges Geschäft in dieser Form. Da steckt doch noch etwas anderes dahinter. Isabella was meinst du eigentlich dazu? Hast du überhaupt eine Erklärung oder eine eigene Meinung in dieser Sache?"

Ich zuckte zusammen, als er mich so barsch von der Seite anmachte.

„Nein! Ich tappe völlig im Dunkeln! Vielleicht weiß deine Großmutter mehr. Außerdem habe ich nicht die Absicht dich zu ehelichen! Kann man denn diese Klausel nicht umgehen?"

Der Notar schüttelte den Kopf.

„Nein! In diesem Moment würde die Hälfte wieder an Massimo zurückgehen und Principessa Isabella ginge leer aus!"

„Also gut! Principessa Dandolo du kannst ab morgen erstmal hier bei mir einziehen. Lass uns herausfinden, ob dieses Pseudozusammenleben uns gut tut oder ob wir uns die Köpfe einschlagen. Was daraus entsteht oder auch nicht, sehen wir später. Eines sage ich gleich vorweg….ich werde meine bereits vorhandenen Gewohnheiten in keiner Weise wegen dir ablegen oder einschränken. Isabella, du musst das leider akzeptieren. Allerdings stehen dir alle Annehmlichkeiten wie Pool, Tennisplatz und dergleichen jederzeit zur Verfügung. Auch du kannst deine Gepflogenheiten ausleben, denn ich werde dich nicht einschränken. Wir müssen nur

noch das Thema Räumlichkeiten im unteren Bereich in den Griff bekommen und das wird sehr schwierig", gab Massimo frostig von sich.
Ich schluckte und dachte mir nur, dass konnte ja heiter werden.
„Massimo, bleib geschmeidig! Ich erwarte nichts und habe keinerlei Forderungen an dich gestellt!", gab ich bissig zurück
Massimo wandte sich an Aldo.
„Diesen Sachverhalt muss ich sofort mit Nonna besprechen. Ich glaube, sie wird ausrasten! Vielleicht erfahre ich mehr von diesem Dilemma und was hier falsch läuft. Bis später!"
Massimo brachte uns nach draußen, verabschiedete sich und warf mir einen Seitenblick zu.
„Bis später Principessa! Ich bin in einer Stunde in der Pizzeria und berede einiges mit dir!"
Ich nickte nur und stieg ins Auto.
Die Rückfahrt verlief mehr als stillschweigend.
Kaum waren wir in Aldos Pizzeria, die ich in einigen Monaten übernehmen sollte, angekommen, wandte ich mich an ihn.
„Und jetzt? Wie soll das weitergehen? Ich habe keine Ambitionen dieses Spiel mitzumachen! Massimo hat mich mit Blicken getötet, als er erfahren hat, was da läuft! Ich werde auf dieses Anwesen verzichten und in dem Haus meiner Mutter in Ruhe und Frieden leben. Morgen werde ich das mit Berlotini abklären! Ich höre mir später allerdings noch Massimos Vorschlag an."
Aldo durchbohrte mich mit Blicken.
„Isabella! Nicht dein Ernst! Würdest du denn wirklich komplett auf alles verzichten zu Gunsten Massimos?"
„Ja! Ich wusste vorher nichts von all dem und bin auch so klar gekommen! Mutter hat mir genügend an Aktien

und Geld hinterlassen. Ich bin unabhängig und gerade im Begriff mir etwa aufzubauen, dank deiner Hilfe. Diese ganze Aufregung um dieses Schloss, kann ich nicht nachvollziehen. Vielleicht könntest du mit Contessa Felicia reden. Ich jedenfalls werde mir meinen Traum erfüllen und ein sehr gut gehendes Restaurant ins Leben rufen. Also, jetzt lass uns endlich die neue Speisekarte besprechen. Ich hoffe sie kommt gut an."

Aldo nickte und nach kurzer Zeit waren wir uns einig. Die Pizzeria blieb auf alle Fälle der Hauptbestandteil des Unternehmens. Sollten jetzt die diversen Speisen gut bei den Gästen ankommen, wäre das Lokal eine Goldgrube. Es war das Einzige am Platz und in den Ferienmonaten sehr gut frequentiert.

Pedro und Pepe, versprachen mir hoch und heilig, mich voll zu unterstützen. Irgendwie hatten sie einen Narren an mir gefressen. Aldo würde weiterhin die Getränketheke unter seiner Fuchtel haben und im Notfall mir auch bei der Vor- und Zubereitung der Speisen zur Hand gehen. Noch mehr Glück konnte man nicht haben. In absehbarer Zeit wollte ich noch einen Lehrgang zum Sommelier machen.

Wenige Kenntnisse hatte ich bereits. Danach schwebte mir ein weiterer Lehrgang als Patissier vor. Ich hatte mir ein Ziel gesetzt und dieses würde ich durchziehen.

Warum also, sollte ich mir das durch diese bescheuerte Klausel in diesem Testament kaputt machen.

„Aldo ich rufe Berlotini an und mache mit ihm für die Änderung des Testamentes einen Termin aus. Heute Abend gestalte ich die erweiterte Speisekarte und drucke sie für morgen aus. Wie abgesprochen wird das Angebot erstmal auf Vorbestellung laufen. Ich bereite jetzt schon einige Beilagen zu. Würdest du mir bitte ein Glas Rotwein einschenken? Ich habe mir das jetzt verdient auf den Schreck. Pepe würdest du mir bitte eine kleine Tonno mit extra viel Zwiebeln zubereiten? Danke!"

Pepe lachte und eilte in die Küche, während Aldo mit zwei Gläsern und einer Flasche Rotwein am Tisch wieder auftauchte. Er schenkte ein und prostete mir zu. „Auf ein erfolgreiches Schaffen, Isabella! Was hast du denn noch so im Hinterkopf?"

„Mein Koch- und Backbuch ist fertig und ich bin gerade dabei es in einem Verlag drucken zu lassen! Aus Dankbarkeit habe ich es dir gewidmet! Zwei Auffrischungslehrgänge werde ich noch absolvieren. Einen zum Sommelier und einen zum Patissier. Des Weiteren werde ich ein kleines Cafe oder einen Biergarten im hinteren Garten eröffnen und das Restaurant etwas umgestalten. Mir schwebt da ein Eisverkauf mit Cafè und Cake to go vor. Das Eis stelle ich selbst her und den Kuchen lasse ich in der Konditorei gegenüber für uns backen mit der Option, dass sie meine Rezepte für sich mitnutzen dürfen und den Kuchen über die Theke verkaufen können. So gräbt einer dem anderen nicht das Wasser ab. Ich habe bereits mit dem Chef der Konditorei gesprochen und er war einverstanden. Später schwebt mir noch ein kleines Hotel vor."

„Du hast dir einiges vorgenommen Principessa! Hut ab! Überfordere dich nicht!"

Ich grinste und während ich mein Glas leerte, erschien Massimo.

Sofort kam der nächste Seitenhieb von ihm.

„Auweia! Ich hoffe doch, dass ich mir keine Säuferin ins Nest setze! Vererbt sich Alkoholismus eigentlich? Du hast einen ordentlichen Zug drauf, Isabella!"

Ich schaute in seine Richtung.

„Massimo, diesen bescheuerten Spruch hättest du dir eigentlich ersparen können! Aldo und ich stoßen nur auf unsere neuen Geschäftsideen an. Du kannst dir gerne ein Glas holen und mitfeiern und musst dir keinesfalls eine Alkoholikerin ins Nest setzen! Ich habe absolut keinen Bock, mir deine Spitzfindigkeiten anzuhören! Mir ist diese Situation auch nicht recht und ich möchte dich keinesfalls von deinem Thron stoßen! Das ist nicht meine Absicht! Also lass uns in nächster Zeit friedlich miteinander auskommen. Ich bin absolut keine Konkurrenz für dich und werde nur tageweise bei dir wohnen. Den Rest verbringe ich in meinem Haus. Mit Bertolini werde ich sicherlich einig werden. Die Begründung für ihn wird sein...meine langen Arbeitszeiten in der Pizzeria. Ein Auto besitze ich noch nicht, weil ich es mir im Moment nicht leisten kann und die ganzen Ersparnisse für die Umgestaltung der Pizzeria benötige. Wie soll ich da mitten in der Nacht ins Schloss kommen! Taxi wird auf die Dauer zu teuer. Bleib locker! Ich versuche dir so gut wie möglich aus dem Weg zu gehen. Also sind diverse Anfeindungen von deiner Seite mehr als überflüssig! Lass mich einfach nur in Ruhe!"
Massimo schaute mich lange an.
„Oha! Isabella du kannst ja richtig bissig werden! So kenne ich dich gar nicht! Warum wehrst du dich nicht in dieser Art gegen deinen Freund und lässt dich lieber von ihm verprügeln? Anscheinend brauchst du das!"
Ich wurde rot.
„Exfreund, Massimo! Ich habe Ty rausgeworfen. Kein Mensch benötigt grundlos Schläge! Ich schon gar nicht! Fordere meine Bissigkeit nicht mit Worten heraus, Massimo! Und du solltest mich keinesfalls unterschätzen! Hast du bereits eine Lösung dafür

gefunden, wie unser zukünftiges Zusammenleben aussehen soll?"

„Ja! Du kannst heute schon einziehen! Ich habe eines der Zimmer für dich vorbereitet! Hat nur ein sehr kleines Defizit."

„Mach es nicht so spannend! Welches?"

„Du müsstest durch mein Schlafzimmer, um ins Bad und zur Toilette zu gelangen! Es gibt nur diese eine Option", gab er grinsend von sich.

„Na das werde ich noch verkraften! Kein Problem! Ich hoffe du verkraftest meinen Anblick, denn ich schlafe nackt und müsste so bei dir durchlaufen", gab ich frech zurück.

„Na passt doch! Ich schlafe auch nackt! Wir scheinen da wohl schon etwas Gemeinsames zu haben!"

Aldo machte sich bemerkbar.

Grinsend schaute er mich an.

„Isabella du kannst für heute Schluss machen und mit Massimo ins Schloss fahren. Ich denke, du hast noch einiges vorzubereiten! Wir sehen uns morgen."

Ich dankte ihm und stand auf.

„Massimo ich benötige noch einige Sachen. Würdest du mich schnell an meinem Haus vorbeibringen?"

Er nickte, stand auf, ergriff meine Hand und zog mich nach draußen.

Kurze Zeit später, hatte ich das Nötigste eingepackt und wir fuhren los.

„Isabella? Findet du diesen Zustand eigentlich okay?"

„Nein Massimo und ich habe bereits eine Lösung in dieser Angelegenheit parat! Du wirst demnächst Post vom Notar bekommen!"

„Bedeutet für mich?"

„Nur positives! Warte es ab! Ich hab in spätestens drei Wochen einen Termin bei Bertolini. Hast du bereits mit deiner Großmutter gesprochen?"

„Ja und sie war nicht begeistert!"

„Kann ich voll und ganz nachvollziehen! Ich werde ihr deshalb bis zur Klärung der Angelegenheit aus dem Weg gehen!"

Massimo lachte.

Kurz darauf waren wir angekommen.

Ich stieg aus, schnappte meine Sporttasche vom Rücksitz und Massimo bat mich ins Haus.

„Principessa ich werde dir sofort die unteren Räume zu Füßen legen. Vorher stelle ich dir die gute Seele des Hauses vor. Falls du Wünsche hast, wende dich an sie!"

Er griff meine Hand und zog mich hinter sich her.

In der Küche trafen wir auf eine ältere Dame, die mich lachend begrüßte.

„Herzlich willkommen Principessa! Ich bin Maria!"

Ich räusperte mich.

„Ich bin Isabella! Bitte keine Titel, die sind unwichtig!"

Maria nickte.

„Gut, ich werde es beherzigen!"

Massimo grinste.

„Maria, würdest du uns bitte einen Kaffee kochen und im Wintergarten servieren? Ich zeige Isabella solange die Räume!"

Diese nickte. Massimo ergriff erneut meine Hand und zog mich mit sich.

Ich konnte seinem Schritt kaum mithalten, stolperte und fiel gegen ihn.

Er lachte und fing mich ab, bevor ich stürzte.

„Jetzt habe ich auch noch einen Tollpatsch im Hause! Na, dass kann ja richtig lustig werden! Ich denke unser Zusammenleben wird äußerst interessant! So, hier ist dein Zimmer, solange du hier verweilst!"

Der Raum war modern und gemütlich eingerichtet.

Ich stellte meine Tasche mit den Klamotten ab und schon zog er mich weiter.

„Mein Schlafraum. Für dich allerdings tabu und nur als Durchgang genehmigt, um ins Bad zu gelangen. Sollte ich allerdings Damenbesuch haben, wirst du in dieser Zeit, deine Bedürfnisse zurückhalten müssen! Ich bin gerade dabei, für dich den rechten Flügel einzurichten. So hat später jeder seine Privatsphäre. Ist das okay für dich?"

Ich nickte.

„Keine Angst, denn ich bleibe eh nicht lange und dann bist du diesen Tollpatsch wieder los. Stell mir doch einfach eine Dixietoilette in den Garten. Das wäre einfacher. Deinen Schlafraum werde ich dir auch nicht streitig machen, denn ich bin nicht bereit mich dort einzunisten. Solltest du deinen Damenbesuch über Nacht hier behalten, sag mir bitte rechtzeitig Bescheid und ich bleibe an diesem Tag zuhause oder fahre zurück! Wie gesagt, bleib einfach nur locker Massimo und geh mir aus dem Weg, bis sich dieser ganze Mist in Wohlgefallen auflöst!"

„Wo verbleibt eigentlich Ty solange? Ich habe keine Lust mich mit diesem Vogel zu konfrontieren!"

„Keine Ahnung! Er zieht zurzeit eh mit seinen neuen Errungenschaften ums Dorf! Ist mir auch egal!"

„Mal ehrlich, Bella! Ich frage mich, wie du an so einen Taugenichts geraten konntest, der dich auch noch nach Bedarf verprügelt. Du hast das nicht verdient."

„Zwischen ihm und mir läuft schon lange nichts mehr und irgendwann landet er sowieso im Knast, mit seinen Drogengeschäften! Es ist nur noch eine Frage der Zeit, bis die Polizei ihn erwischt!! Außerdem geht dich das nichts an!", gab ich wütend zurück.

„Schon gut! Entspann dich und komm. Der Kaffee ist

sicher schon fertig. Ach Bella und die Idee mit dem Dixieclo im Garten, ist gar nicht so schlecht. Vielleicht setze ich sie um! Du bist wirklich echt komisch, Bella!"
Genervt schaute ich ihn an.
„Ich weiß! Alle sagen, dass ich komisch bin! Das haftet mir seit meiner Kindheit an. Aber es ist wohl eher so. Ich bin müde, kaputt, einsam, verlassen, ungeliebt, missverstanden und letztlich innerlich tot. Ist ja auch egal! Nennen wir es einfach komisch! Nur kannst du das nicht nachvollziehen!"
Massimo schaute mich lange an, ergriff meine Hand und zog mich in den Wintergarten.
Heilloses Durcheinander herrschte hier vor und ich musste lachen.
Massimo blickte mich fragend an.
„Was ist? Warum lachst du?"
„Hier herrscht ja völliges Chaos! Einfach unglaublich! Anscheinend spiegelt sich hier dein ganzes Leben wieder! Gibst du mir die Erlaubnis, dies alles etwas umzugestalten?"
„Von mir aus! Tu dir keinen Zwang an, solange du mich nicht damit unnötig nervst! Mal sehen, was du daraus machst!"
Er führte mich zu einem Sofa nebst Tisch, auf dem sich ein Schachbrett befand.
Der Kaffee stand bereit und Maria brachte noch etwas Kuchen.
Ich bedankte mich und griff zu.
Massimo starrte schon einige Zeit auf das Brett und machte einen Zug, mit fatalem Fehler.
Ich griff mir eine der Figuren und legte sie um.
„Schach! Du bist schachmatt!", gab ich lachend von mir.
Massimo schlug mir auf die Finger.

19

„Spinnst du Principessa? Was erlaubst du dir?"
Ich schrie auf und rieb mir die schmerzende Hand.
„Mein Gott, Massimo! Du hast dich selbst schachmatt
gesetzt! Siehst du das denn nicht?"
Er blickte aufs Brett und sah mich dann erstaunt an.
„Du hast tatsächlich Recht! Spielst du etwa Schach?"
„Ja!"
„Jetzt habe ich endlich einen ebenbürtigen Partner
gefunden! Spielen wir eine Runde?", fragte er mich.
Ich stand auf und schüttelte den Kopf.
„Tut mir leid, Massimo! Mit einem Schläger spiele ich
nicht und ich glaube kaum, dass du mir in diesem Fall
ebenbürtig bist! Ich gehe jetzt erstmal nach draußen,
das Grundstück erforschen! Kommst du mit?"
„Nur wenn du mit mir danach eine Runde Schach in
Erwägung ziehst."
„So ist das also! Erpressung! Okay! Nur wenn du mir
nicht mehr wie bei einem Kleinkind auf die Hand
schlägst!"
Massimo grinste und stand auf.
„Deal!"
„Okay! Deal du Schuft und zieh mich nicht wieder so
hinter dir her, sonst fällt der Tollpatsch wieder hin!",
gab ich von mir.
„Dem kann sofort abgeholfen werden", gab er zurück
und warf mich über seine Schulter, bevor ich überhaupt
reagieren konnte.
Er nahm die Abkürzung durch den Wintergarten, wie
er mir erklärte und stellte mich kurz darauf ab.
Das Grundstück hatte eine immense Größe und in der
Ferne erblickte ich ein zerfallenes Gebäude und einen
kleinen See. Irgendwie kam mir das alles bekannt vor.
Ich runzelte nachdenklich die Stirn und wurde von
Massimo abgelenkt.

„Mein Außenbereich! Pool inbegriffen mit allem was dazu gehört! Hast du Lust auf eine kleine Abkühlung? Danach werfe ich zur Feier des Tages den Grill an und brutzle etwas für uns!"

„Grillen hört sich gut an! Nur mit der Abkühlung wird es nichts werden. Ich habe kein Badezeug dabei."

„Du darfst auch nackt, wenn du möchtest! Mache ich eh immer! Ich schau auch weg!"

„Ja klar, weil ihr Kerle auch wegschaut! Also gut, du wirst mich ja beim Durchlaufen deines Schlafzimmers in Richtung Bad, eh nackt sehen. Wahnsinn, du besitzt sogar einen Outdoor-Whirlpool!"

Ich lachte und fing an mich auszuziehen.

Massimo blickte mich erstaunt an.

„Du setzt es tatsächlich um und ziehst dich nackt vor mir aus? Ich habe dich eher als prüde eingeschätzt", gab er von sich.

„So kann man sich in einem Menschen täuschen! Kommst du?", fragte ich und stieg in den Pool.

Während Massimo sich ebenfalls entkleidete, vermied ich ihn anzusehen, was mir äußerst schwer fiel .So abgebrüht, wie ich mich gab, war ich nun auch nicht. Ich bekam kurz darauf bei seinem Anblick heftige Atembeschwerden und mein Herz schlug wie wild. Er war gut durchtrainiert und an einigen Stellen mehr als gut gebaut. Ich verschwand in den Whirlpool und erschrak heftig, als er mir Sekunden später folgte. Wie selbstverständlich stellte er sich vor mich und lachte mir frech ins Gesicht.

„Und? Zufrieden?", fragte er.

„Mit was?", fragte ich bewusst dämlich nach.

„Na mit der Ausstattung hier!"

„Ach so, dass meinst du! Ja klar! Ich bin voll mit der kompletten Ausstattung, die mir allgemein dargeboten wird, hier zufrieden", gab ich süffisant zurück.

Massimo grinste.

„Bella, ich stelle gerade fest, dass du dich absichtlich dumm stellst und völlig versaut bist. Genau das ist es, was mich so an dir amüsiert!"

Bevor ich erneut regieren konnte, zog er mich ganz fest an sich und versuchte mich zu küssen.

Ich bekam die volle Panik, zudem in seinen unteren Regionen so einiges in Bewegung geriet.

Ich drückte meine Hände gegen seinen Brustkorb und versuchte freizukommen.

„Bitte nicht!", flehte ich ihn an.

Plötzlich ertönte eine bekannte Stimme hinter mir.

Ty!

Er war sturzbesoffen.

Ich erschrak.

Irgendwie hatte er herausgefunden, wo ich war und sich aufs Grundstück geschlichen.

„Was zum Teufel geht hier vor sich! Kaum drehe ich dir den Rücken zu du Flittchen, vögelst du alles was nicht bei drei auf den Bäumen ist! Komm da sofort raus oder ich komm rein!", brüllte er mich an.

„Ty! Was willst du hier? Wir sind kein Paar mehr, also verschwinde!", schrie ich zurück.

Als ich nicht schnell genug seinem Ratschlag folgte, sprang er in den Whirlpool und schlug wütend auf mich mit seinen Fäusten ein. Ich schrie auf und dann färbte sich das Wasser rot.

Er hatte mich wieder einmal an der Nase erwischt, die nun blutete.

Massimo blickte uns beide entsetzt an und griff dann ein. Ich sah noch, wie er einen Knopf am Beckenrand aktivierte und dann auf Ty losging. Es gab eine wilde Prügelei und dann sah ich Massimos Securities, die nach

Ty griffen und ihn brutal aus dem Becken zogen.
Massimo stieg aus dem Pool und schlug auf Ty ein, bis
er sich nicht mehr rührte.
Er gab seinen Männern einen kurzen Befehl und diese
schleiften ihn weg.
Ich stand immer noch wie erstarrt im Whirlpool, heulte
vor mich hin, während aus meiner lädierten Nase
weiterhin das Blut tropfte.
Massimo sprach mich ein paar Mal an und dann wurde
mir schwarz vor Augen.

Massimo fluchte lauthals vor sich hin, nahm Isabella auf
seine Arme, verließ mit ihr das Becken und eilte ins
Schloss.
Behutsam legte er sie auf seinem Bett ab, schlüpfte in
eine seiner Jogginghosen und eilte in die Küche.
Maria schaute ihn fragend an.
Im Telegrammstil erklärte er, was vorgefallen war und
sie schlug sich erschrocken die Hand vor den Mund.
„La povera ragazza! - Das arme Mädchen! Ist es denn
sehr schlimm?"
„Ich weiß es nicht, werde gleich nach ihr sehen und
etwas Verbandszeug mitnehmen! Es ist nicht das erste
Mal, dass dieser Dreckskerl sie geschlagen hat! Nur
habe ich ihn bereits das zweite Mal dabei erwischt und
eine weitere Lektion erteilt!"
Massimo eilte zurück und fand Isabella immer noch
ohnmächtig vor. Er deckte sie zu und grinste vor sich
hin. Eines musste ihr der Neid lassen…sie besaß einen
extrem sexy Körper und er malte sich aus, was er so mit
ihr anstellen würde, wenn sie seine Freundin wäre.
Vorsichtig tupfte er ihre Nase mit einem feuchten Tuch
ab. Isabella stöhnte vor sich hin und öffnete ihre Augen.
Mit einem Aufschrei schoss sie hoch und wich vor ihm

zurück.

„Principessa bleib entspannt! Ich will dir nur helfen! Mein lieber Freund, dieser Scheißkerl von Ty hat sehr gezielt zugeschlagen. Hat er das öfters gemacht?"

Isabella nickte vorsichtig und entspannte sich etwas.

„Ist er weg?", fragte sie nach.

„Ja, meine Aufpasser haben ihn entfernt! So wie ich das sehe, werde ich dich ab jetzt vor seinen Zugriffen schützen müssen. Hat er einen Schlüssel für dein Haus?"

„Nein! Zum Glück nicht!"

„Wenn er dich noch einmal anrührt, wird er es mehr als bereuen! Geht es dir wieder etwas besser?"

„Ja und ich würde jetzt gerne etwas essen."

„Maria bereitet gerade eine Kleinigkeit zu. Ich bringe dich in dein Zimmer und da kannst du dich anziehen. Danach erwarte ich dich im Wintergarten! Wir müssen reden!"

Bevor sie reagieren konnte, hatte er sie hochgehoben und nach nebenan verfrachtet.

Vorsichtig setzte er sie ab und verließ den Raum.

Isabella kleidete sich an und machte sich auf den Weg in den Wintergarten, wo sie auf Massimo traf, der bereits auf sie wartete.

Er stand auf, lief auf sie zu und nahm sie vorsichtig in den Arm.

„Geht es dir wieder einigermaßen? Schmerzt deine Nase noch sehr? Ich möchte mich außerdem bei dir entschuldigen, was da heute zwischen uns beiden im Whirlpool vorgefallen ist. Ich hatte kein Recht dazu, so einfach übergriffig zu werden. Eigentlich bin ich ja an deinen Verletzungen schuld."

„Vergiß es einfach, Massimo! Ja, meine Nase schmerzt noch tierisch, aber es wird wieder. Ist nicht das erste

Mal, dass ich so aussehe. Was ist nun mit einer Runde Schach? Ich hatte es dir versprochen?"

Er nickte.

„Welche Farbe möchtest du? Weiß oder schwarz!"

„Egal, denn du wirst so oder so gegen mich verlieren!"

„Aspetta mia bella! – Abwarten meine Schöne! Okay, ich überlasse dir den Anfang!"

Kurz darauf war er erneut schachmatt.

„Ich fordere morgen eine Revanche, Isabella!"

„Kein Problem! Du verlierst eh wieder! Jetzt lass uns essen! Ich habe Hunger!"

„Gute Idee! Ich hole die vorbereiteten Speisen!"

Kurze Zeit später war er mit belegten Broten zurück.

„Sorry, aber die Grillparty findet erst morgen statt!"

Wir saßen noch etwas zusammen, als mir einfiel, dass ich meine Speisekarten noch nicht gedruckt hatte.

Massimo stellte mir seinen PC zur Verfügung, half mir dabei und in Nullkommanichts war ich damit fertig.

„Ich danke dir, Massimo! Jetzt bin ich aber müde und verzieh mich in mein Bett", gab ich von mir.

Ich stand auf, stellte mich auf Zehenspitzen und küsste ihn auf die Wange.

„Wofür war das denn, Principessa?"

„Dafür, dass du mich vor Ty gerettet und mir bei den Speisekarten geholfen hast! Schlaf gut, Massimo!"

„Du auch, meine Schöne! Bis morgen!"

Ich nickte, stand auf, eilte in mein Zimmer und legte mich ins Bett. Kurz darauf schien ich eingeschlafen zu sein.

Massimo räumte den Tisch ab und bedankte sich bei Maria für die belegten Brote.

„Gern geschehen", gab sie zurück.

Massimo wünschte ihr eine gute Nacht und machte sich auf den Weg in sein Schlafzimmer. Dazu musste er durch das vorläufige Zimmer von Isabella.

Eigentlich war es sein Ankleidezimmer gewesen, dass er am Morgen kurzfristig und mehr als widerwillig ausgeräumt und für sie eingerichtet hatte.

Jetzt war er froh, es getan zu haben. Isabella benötigte vor Ty extremen Schutz und den würde er ihr geben.

Außerdem lag da noch etwas Verborgenes zwischen ihnen in der Vergangenheit, was sie beide betraf und das musste er wieder gutmachen. Isabella schien wohl die Erinnerung daran verloren oder extrem verdrängt zu haben. Er musste es also langsam angehen.

So rabiat wie Ty behandelte man keine Frau.

Vorsichtig öffnete er die Tür.

Isabella lag auf dem Bett und schlief bereits. Er deckte sie zu und grinste vor sich hin.

Von wegen nackt schlafen.

Sie war anscheinend so müde gewesen, dass sie in voller Montur eingepennt war.

Am liebsten hätte er sich zu ihr gelegt und sie in den Arm genommen. Sie sah richtig zerbrechlich aus. Er strich ihr über die Haare. Isabella drehte sich stöhnend um und schlief weiter.

Irgendwie fand er Gefallen an ihr und konnte sich gut vorstellen, sie als Freundin oder Frau an seiner Seite zu wissen.

Etwas verwirrt über seinen plötzlichen Gedankengang, verschwand er in sein Zimmer, zog sich aus und legte sich ebenfalls schlafen.

Mitten in der Nacht wachte ich auf.

Ein heftiges Gewitter entlud sich gerade über dem Schloss und hatte mich aus dem Schlaf gerissen.

Blitze und Donner wechselten sich ab und ich bekam Panik.

Ich hasste diese Art von Naturgewalten.

Zitternd rutschte ich bis ans Kopfende des Bettes und zog mir die Bettdecke bis zum Kinn.

Nach einigen Minuten bekam ich Schweißausbrüche.

Ich hielt es nicht mehr aus, schnappte mir meine Decke, rannte in Massimos Raum, legte mich zu ihm und klammerte mich an ihm fest.

Durch diese Aktion wachte er auf und blickte mich mehr als erstaunt an.

„Principessa? Was ist denn los mit dir? Was sucht du in meinem Bett?"

„Massimo, bitte schick mich nicht weg! Draußen wütet ein fürchterliches Gewitter! Ich mach mich auch ganz klein und du wirst nicht bemerken, dass ich neben dir liege!"

Er lachte.

„Isabella? Du erzählst mir jetzt aber nicht, dass du Angst vor Gewitter hast!"

„Doch! Bitte schick mich nicht weg! Ich habe diese Phobie seid meiner Kindheit!"

Erneut wechselnden sich Blitz und Donner ab. Ich schrie auf, sprang Massimo regelrecht an und brach in Tränen aus.

„Du kannst bleiben, Bella", erklärte er und zog mich an sich.

„Danke! Ich mach mich auch ganz klein und rutsche bis in die äußerste Ecke!"

„Das Bett ist groß genug für uns beide", gab er grinsend von sich.

Ich legte mich zurück und zog mir meine Decke über den Kopf.

Massimo lachte.

„Isabella, wenn ich du wäre würde ich mich ausziehen. Deine Kleidung ist viel zu warm. Also? Zier dich nicht so, denn ich habe dich heute bereits nackt im Pool begutachten können."

Vorsichtig zog er mir die Decke weg und blickte mich an.

Ich merkte, wie mir die Röte ins Gesicht stieg und stand auf, denn er hatte Recht.

Ich war jetzt schon völlig durchgeschwitzt.

Schnell entledigte ich mich meiner Kleidung, behielt allerdings meine Unterwäsche an und legte mich wieder zu ihm.

„Na also, Isabella! Geht doch! Jetzt schlaf weiter! Nackt geht aber anders!", gab er von sich.

„Das ist nur zu deinem Schutz, dass ich noch etwas anhabe!", konterte ich.

„Hattest du vor über mich herzufallen, Bella?", gab er lachend von sich.

„Idiot!", konterte ich und drehte ihm den Rücken zu.

Massimo zog mich erneut an sich und legte schützend seinen Arm um mich.

Ich seufzte, drückte mich an ihn, schloss meine Augen und versuchte wieder einzuschlafen.

Beruhigend strich er mir über den Rücken.

„Ach, das hätte ich fast vergessen! Aldo hat angerufen und lässt dir mitteilen, dass du bis zum Sonntag nicht in die Pizzeria kommen musst. Die geplante Feier musste aus Gesundheitsgründen auf nächste Woche verschoben werden. Du sollst dich erst hier in Ruhe einrichten. Das kommt mir auch gelegen. So kannst du mir bei der Gestaltung deiner Räume helfen."

„Ich muss trotzdem morgen bei ihm vorbei und die neuen Speisekarten auslegen. Außerdem habe ich noch etwas zu bereden."

„Kein Problem! Ich werde dich allerdings begleiten, schon wegen Ty. Jetzt versuche zu schlafen!"

Vorsichtig drückte er mir einen Kuss auf die Wange und ich lächelte.

„Angenehme Träume, Massi!"

„Dir auch, Bella!"

Die Nacht war für mich ruhig verlaufen und als ich am Morgen erwachte, war Massimo bereits verschwunden. Ich stand auf, eilte ins Bad und machte mich zurecht. Fünfzehn Minuten später stand ich in der Küche und wurde von Maria begrüßt.

„Buon giorno, Isabella! Ich hoffe du hast sehr gut geschlafen, trotz des Unwetters. Setz dich doch und greif zu. Alles frisch zubereitet. Ich hoffe es schmeckt dir?"

„Sieht ja wirklich lecker aus. Danke! Ja, das Gewitter hat mich etwas aus der Bahn geworfen. Wo ist denn Massimo?"

„Er schwimmt wieder seine Runden im Pool, wie jeden Tag. Müsste gleich erscheinen."

Kaum ausgesprochen, tauchte er auch schon auf. Grinsend blickte er mich an.

„Guten Morgen, Bella! Ich hoffe du hast das Unwetter heute Nacht gut überstanden?"

„Ja, sonst würde ich nicht hier sitzen! Ich danke dir für den Schutz", gab ich von mir.

Massimo wandte sich lachend an Maria.

„Du solltest wissen, dass sich Isabella heute Nacht zu mir geflüchtet und sich verzweifelt an mich klammerte vor Angst!"

„Stronzo!", gab ich wütend von mir.

Maria blickte mich an.

„Völlig verständlich, nachdem sie als Vierjährige dieses mehr als schreckliche Erlebnis am See hier auf dem Grundstück hatte. Anscheinend kann Isabella sich nicht mehr daran erinnern. Ich finde das nicht lustig, Massimo! Deine Großmutter oder du sollten sie auf alle Fälle aufklären, was damals passiert ist!"

„Okay, Maria! Lasst uns von etwas anderem reden. Ich fahre dich später zu Aldo, Isabella. Danach zu dir und du solltest dir ein paar Klamotten einpacken. Komm jetzt nicht auf die Idee, dass du alleine im Haus bleibst. Nicht, nachdem diese Aktion mit Ty passiert ist. Ich traue ihm nicht! Wie geht es eigentlich deiner Nase?"

Ich hatte das Gefühl, dass Massimo unbedingt vom Thema ablenken wollte und wurde argwöhnisch. Was verheimlichte er vor mir.

Später würde ich Aldo darauf ansprechen, denn ich war mir sicher, dass er etwas wusste.

Und so gab ich Massimo nur eine Antwort auf mein Befinden.

„Meine Nase brennt noch etwas, aber sonst ist alles okay!

„Gut, lass uns nach dem Frühstück zu dir fahren!"

„Massimo, ich muss noch einmal kurz im Lokal nach dem Rechten sehen und ein paar Zutaten holen. Ich habe vor mit Maria einige Pralinen herzustellen. Wann lerne ich eigentlich deine Nonna kennen?"

Er blickte mich an und schüttelte den Kopf.

„Wahrscheinlich gar nicht Bella! Nicht einmal ich sehe sie, obwohl sie hier im Haus lebt. Die oberen Räume gehören ihr und wenn sie mich einmal besucht, dann nur zu besonderen Anlässen wie Geburtstag oder an Feiertagen. Ihre Räumlichkeiten sind nur über den Aufzug zu erreichen und der ist für Außenstehende tabu. Außerdem mag sie meine Freunde nicht."

Ich lachte.

„Warum das denn?"

„Sie hält alle für rücksichtslos und mehr als verwöhnt.

Vor alle Dingen die Weiblichen."

„Oh je! Na, da hab ich wohl äußerst schlechte Karten. Vor allem, nachdem sie weiß, dass ich euch das Schloss mehr als streitig machen könnte, was ich allerdings nicht vorhabe. Darüber müssen wir beide sowieso noch sprechen."

„Sobald wir zurück sind!"

Das weitere Frühstück verlief stillschweigend und ich war gespannt, was Aldo mir erzählen würde.

Kurz darauf brachen wir auf.

Massimo setzte mich vor der Pizzeria ab und wollte für den heutigen Abend noch etwas Grillgut besorgen.

Ich eilte in die Küche und stellte mir einige Zutaten für die Pralinen zusammen.

Aldo fragte mich nach meinem Befinden und ob ich denn mit Massimo zurechtkam.

„Gut! Noch!"

„Was hast du da in deinem Gesicht? Das war doch nicht Massimo?"

„Nein, dass war Ty! Massimo hat mir geholfen und ihm eine Lehre erteilt!"

„Also, versteht ihr beide euch gut?"

Ich nickte und dann stellte ich ihm eine Frage, die er mir nur widerwillig beantwortete.

Er sträubte sich regelrecht.

„Aldo, ich möchte jetzt gerne wissen, warum ich so panische Angst vor Gewitter habe. Ich habe mich heute Nacht zu Massimo geflüchtet. Maria erwähnte zwar, dass Contessa Felicia darüber Bescheid weiß und es mir erklären könnte. Massimo sagte mir aber, dass er seine Nonna, so gut wie nie zu Gesicht bekommt. Was wird vor mir verheimlicht? Selbst er lügt mich an! Bitte erklär mir das! Irgendwann bekomme ich doch alles heraus! Keine Lügen!"

„Ach, Isabella! Also gut! Setz dich und höre zu! Du warst damals vier Jahre alt und wohntest mit deiner Mutter noch hier im Schloss. Ihr seid erst später umgezogen. Wie du weißt, sind Massimos Eltern auch verstorben und er wurde nach deren Tod von seiner Nonna erzogen. An deiner Phobie ist Massimo mit schuld. Sein Vater und deine Mutter hatten eine kurze Affäre. Du hast doch sicherlich gegenüber vom Schloss dieses heruntergekommene Gebäude mit diesem kleinen See gesehen. Das war ihr Liebesnest, wo sie sich dauerhaft trafen. Massimo war damals neun Jahre alt, als er hinter das Geheimnis kam und von da an hasste er dich bis aufs Blut. Deine Mutter hatte ihm den Vater weggenommen und du solltest dafür büßen. Er lockte dich unter einem Vorwand an einem extrem regnerischen Tag, dass er mit dir ein Picknick machen wollte, in das Gebäude, um dir eine Lektion zu erteilen. Du hattest dich sehr über seine Zuneigung gefreut, denn du mochtest ihn damals sehr gerne. Ohne Argwohn bist du ihm gefolgt. Im Laufe des Nachmittages tobte ein heftiger Sturm und dann gab es ein heftiges Gewitter. Man suchte euch bereits, aber da war das Unglück schon passiert. Massimo hatte dich dort eingesperrt. Eine umgekippte Laterne setzte das Gebäude in Brand und du konntest dich in letzter Minute retten. Leider bist du vor Panik in diesen See gefallen und fast ertrunken. Der Vater von Massimo rettete dich in letzter Sekunde und brachte dich ins Krankenhaus. Du lagst fast zwei Monate in Koma und Massimo erlitt damals einen heftigen Schock, da er ja irgendwie daran schuld war. Deine Mutter verschwand mit dir danach und wurde in Deutschland ansässig. Massimos Eltern trennten sich und verstarben bei einem Verkehrsunfall vor Ort, als sie auf dem Weg zu ihrem Scheidungstermin waren. Massimo verdrängt seitdem diese Situation. Er weiß, was er dir angetan hat."

Ich schluckte.

„Also kennt er mich von klein auf! Verdrängt alles, um sich nicht damit konfrontieren zu müssen! Super! Ein schönes Schauspiel zieht er gerade mit mir ab! Ich kann mich an nichts mehr erinnern und er spielt mit mir! Das muss ich erstmal verdauen! Jetzt verstehe ich auch diese wirren Träume, die ich manchmal habe!"

„Isabella, sprich ihn darauf an und ich denke er wird dir alles erzählen. Gib ihm die Chance, sich erklären zu dürfen."

Ich nickte.

„Gut! Diese Gelegenheit bietet sich heute, denn er will eine kleine Grillparty extra nur für mich veranstalten! Ich danke dir für deine Ehrlichkeit! Wir sehen uns am Montag wieder. Solltest du vorher meine Hilfe im Lokal benötigen, weißt du, wo ich zu finden bin."

„Viel Spaß!"

„Danke, Aldo! Bis später! Ich gehe jetzt schon einmal los, um einige Sachen einzupacken! Sollte Massimo mich suchen, schicke ihn zu mir ins Haus!"

Aldo nickte und wünschte mir noch viel Erfolg.

Etwas verstört nach dieser Eröffnung, machte ich mich auf den Weg nachhause. Ich fragte mich, was im Kopf von Massimo vorging und was er noch mit mir vorhatte. Deshalb spielte er also den Beschützer, was Ty anbetraf. Sein schlechtes Gewissen quälte ihn wohl.

Kurze Zeit später tauchte er auf und holte mich ab.

Die Fahrt ins Schloss verlief wieder stillschweigend.

Kaum angekommen, eilte ich sofort in die Küche und übergab Maria die Utensilien und Backzutaten.

Massimo war mir gefolgt und blickte mich von der Seite

an.

„Principessa, kannst du mir sagen, was mit dir los ist?
Du bist irgendwie eigenartig und extrem distanziert,
seid du bei Aldo warst. Ist etwas vorgefallen?"

Ich wandte mich zu ihm.

„Wir beide müssen dringend miteinander reden! Ich
habe einige Fragen an dich! Es ist heute extrem heiß!
Kommst du mit in den Pool?"

Massimo nickte.

„Geh du schon mal vor, ich zieh mich schnell um."

Er lachte.

„Heute nichts mit Nacktbaden, Bella?"

Ich schüttelte den Kopf.

„Nein! In nächster Zeit nicht mehr! Du kannst aber
gerne ohne", gab ich von mir, verschwand in mein
Zimmer und zog mir einen Badeanzug an.

Kurz darauf folgte ich und stieg zu ihm in den
Whirlpool.

Massimo schaute mich fragend an.

„Was möchtest du wissen, Bella."

Ich erzählte ihm, was mir Aldo berichtet hatte und bat
ihn, mir zu erklären, was für ein mieses Spiel er hier mit
mir abzog.

„Weißt du wer ich bin oder nicht, Massimo! Lüg mich
nicht an! Ich persönlich kann mich an gar nichts aus
dieser Zeit erinnern und habe oft wirre Träume, die
wohl mit dieser Geschichte in Zusammenhang steht."

Durchdringend blickte er mich an.

„Also gut, Isabella! Ich weiß wer du bist und es tut mir
sehr leid, was damals passierte. Ich hätte fast deinen
Tod verursacht, weil ich ein kleiner, verzogener Bengel
war. Ich wollte mich an dir rächen, weil deine Mutter
mir meinen Vater wegnehmen wollte. Zumindest sah
ich es so. Ich wusste damals noch nicht, dass es nicht

zum Besten in der Ehe meiner Eltern stand. Ich hasste dich bis aufs Blut und wenn deine Mutter mir meinen Vater wegnahm, sollte sie auch leiden! Kannst du mir verzeihen?"

Ich schluckte und ließ sein Geständnis erstmal sacken, bevor ich ihm eine Antwort gab.

„Du warst damals noch ein kleines Kind und hast alles aus einer anderen Perspektive gesehen. Vielleicht hätte ich ebenfalls so reagiert. Das Einzige verwerfliche für mich ist nur, dass ich dir damals wohl bedingungslos vertraute, weil ich dich gerne hatte und du dieses Vertrauen mehr als schamlos missbraucht hast. Danke dafür, dass du so ehrlich zu mir warst und verzeihen muss ich dir nicht, denn du wusstest es nicht besser. Lass uns diese Sache vergessen."

Massimo kam auf mich zu und dann drückte er mich so heftig an sich, dass ich aufschrie.

„Autsch, du tust mir weh!"

„Entschuldige! Spielen wir eine Runde Schach?"

Ich nickte. Massimo hob mich hoch und trug mich in mein Zimmer, wo ich mir frische Kleidung schnappte, im Bad verschwand und mich umzog.

Kurze Zeit später trafen wir uns im Wintergarten.

Maria die mich fragend anblickte, klärte ich kurz auf und wir verschoben das Backen auf den nächsten Tag.

„Kannst du dich wieder an alles erinnern, Isabella?"

Ich schüttelte den Kopf.

„Nein! Ich habe allerdings eigenartige Träume."

Maria meinte, dass sie froh sei, dass diese Sache geklärt wäre und wünschte uns noch einen schönen Tag.

Massimo holte eine Flasche Rotwein und zwei Gläser, entkorkte sie und schenkte uns ein.

Er reichte mir eines davon und prostete mir zu.

„Auf einen Neuanfang, Principessa!"

„Auf einen Neuanfang, Massimo!"", gab ich zurück.
Natürlich verlor er mehrere Male beim Schach und ich
bekam mich vor Lachen nicht mehr ein.
Mittlerweile hatten wir vier Flaschen geleert und mir
stieg der Wein etwas zu Kopf.
Massimo grinste und stand auf.
„Principessa du bist nicht gerade trinkfest, stelle ich
fest. Ich werfe mal den Grill an. Du hast die gesamte
Fläche des Wintergartens wirklich in kleine Bereiche
eingeteilt. Somit können wir hier drinnen brutzeln, falls
es draußen mal regnet. Die Idee den Grill genau unter
dem Oberlicht zu platzieren war gut! Spielst du Billard?
Wenn ja, können wir das später noch tun!" "
„Ja, ich spiele auch das! Beeil dich, denn mir knurrt der
Magen. Außerdem wollte ich kein Wettsaufen mit dir
veranstalten. Soll ich dir zur Hand gehen?"", gab ich von
mir.
Massimo blickte mich grinsend an.
„Nein! Bleib sitzen! Ich hatte dich eingeladen. Zur
Hand gehen kannst du mir später!"
„Idiot! Darauf kannst du ewig warten", antwortete ich.
Seine zweideutigen Ansagen amüsierten mich.
Während ich Massimo bei den Vorbereitungen zusah,
fielen mir dauerhaft die Augen zu und irgendwann war
ich wohl eingenickt.
Massimo lächelte vor sich hin und war froh, dass er die
Angelegenheit mit Isabella, friedlich hatte lösen
können. Mit soviel Entgegenkommen hatte er nicht
gerechnet und er schien sie wohl falsch eingeschätzt zu
haben. Langsam fand er Gefallen an ihr. Als er mit den
Steaks zurückkam, fand er sie schlafend vor.
Vorsichtig versuchte er sie aufzuwecken.
„Principessa! Aufwachen!"
Als sie nicht reagierte, drückte er ihr einen langen Kuss

auf den Mund.

Langsam öffnete sie ihre Augen, schnappte nach Luft und dann schoss sie erschrocken hoch.

„Massimo, was soll das? Mach das nie wieder! Du hast gerade eine Grenze überschritten!"

„Isabella beruhige dich! Ich konnte dir einfach nicht so ohne weiteres widerstehen! Es könnte Schicksal sein, dass wir hier zusammen sind! Das Leben ist außerdem unberechenbar und voller Überraschungen, meine Schöne!"

„Ja klar! Träum ruhig weiter! Jetzt reich mir endlich ein Steak rüber! Ich bin am verhungern!"

„Hier, eine Dose Bier dazu! Lass es dir schmecken!"

„Danke, gleichfalls, Massi!"

Gierig biss ich in das Brötchen mit dem Steak.

„Mhhhhhh, schmeckt echt lecker!"

„Es ist noch mehr da! Greif zu! Was hältst du davon, nach dem Essen eine Runde im Whirlpool mit mir zu verbringen?"

„Kann ich dir nicht versprechen! Ich glaube, ich gehe ins Bett. Das Bier hat mir den Rest gegeben."

„Jetzt kneif nicht, Principessa! Lass uns eine Runde Schach spielen. Wer gewinnt, bestimmt wie der Abend endet!"

„Also gut, Massi! Du gibst sonst wieder keine Ruhe! Außerdem verlierst du eh wieder!"

„Abwarten, Bella! Abwarten!"

Ich stand auf und bekam sofort die Wirkung des Alkoholgenusses zu spüren.

Ich stolperte über Massimos Füße und fiel bäuchlings über und auf ihn.

„Autsch!"

„Holla, die Waldfee! Immer langsam mit den jungen Pferden! Du hast es aber eilig, Bella!"

Bevor ich jedoch von ihm rutschte, hielt er mich am Hosenbund länger fest als es mir lieb gewesen wäre.

„Verflixt! Bist du fertig, Massimo?"

„Womit?"

„Meinen Hintern zu begutachten!"

„Wenn ich ganz ehrlich bin, Bella….nein! Ich genieße gerade diesen Anblick und stelle erstaunt fest, er ist im angezogenen Zustand, genauso knackig, wie nackt!"

„Lass mich endlich los, du Schwerenöter!"

„Erst, wenn du mir versprichst, dass du mit mir in den Pool gehst!"

„Also gut, du Teufel! Versprochen! Lass mich los!"

Massimo lachte, gab mir einen Klaps und gab mich frei. Wütend stand ich auf und blickte ihn an.

„Massimo, jetzt ernsthaft! Wenn du bei mir noch mal in dieser Art und Weise die Hand anlegst, erlebst du dein blaues Wunder."

Massimo stand ebenfalls auf und grinste.

„Mea culpa, Bella! Ich geh schon mal vor in den Pool und hoffe du kommst trotzdem nach."

„Bin ebenfalls gleich vor Ort. Ich ziehe mich nur noch um."

Schnell verzog ich mich in mein Zimmer und wählte diesmal einen Bikini. Irgendwie musste ich über die Aktion von Massimo lachen. Man konnte ihm einfach nicht böse sein, wenn er einen mit diesem Hundeblick anschaute.

Ich warf einen Blick in den Spiegel.

Perfekt, auch wenn der Bikini extrem knapp saß.

Langsam machte ich mich auf den Weg zum Pool und war erstaunt.

Der Bereich um und im Pool, war hell erleuchtet und Massimo pfiff, als er mich erblickte.

„Wow, was für eine Schönheit! Nun komm rein, dass

Wasser ist herrlich."

Ich duschte mich ab, stieg zu ihm in den Whirlpool und lehnte mich an den Rand.

Einen Augenblick später gesellte er sich zu mir.

Natürlich völlig nackt..

„Was hast du morgen vor, Bella?"

„Endlich meine Pralinen herstellen. Ich benötige sie als Probelauf für die Verkostung des Cafè und Cake to go."

„Aldo hat mir schon erzählt, was du alles vorhast. Du hast dir ein hohes Ziel gesteckt. Meinst du, dass du das alles so gewuppt bekommst?"

„Keine Ahnung, aber ein Versuch ist es wert, denn ich bin sehr experimentierfreudig. Du hattest die Option, von deinem Onkel die Pizzeria zu übernehmen. Leider hast du kein Interesse daran gezeigt. Ach, bevor ich es vergesse. Berlotini hat mich gestern noch angerufen, nachdem er dich nicht erreichen konnte. Er bat mich dir auszurichten, dass er die gewünschte notarielle Verfügung für das Anwesen, auf dich, mit sofortiger Übertragung vorgefertigt hat. Du musst nur noch unterschreiben."

„Nicht dein Ernst, Principessa! Du hast es tatsächlich umgesetzt und alles auf mich überschrieben?"

„Ja, denn ich benötige dieses Schloss nicht. Ich hatte es dir bereits angedeutet. Was soll ich damit? Es wurde jahrelang von euch bewirtschaftet und ihr habt es zu dem gemacht, was es jetzt ist. Zum letzten Mal, ich will es nicht!"

„Und die Klausel mit der Heirat?"

„Hinfällig, Massimo! Ich habe kein Interesse an dir!"

„Bist du dir da sicher, Principessa? Liegt es daran, was in der Vergangenheit passiert ist?"

„Nein! Nun nerve mich nicht! Unterschreibe und gut ist es!"

Bevor ich reagieren konnte, zog er mich zu sich, sah mir lange in die Augen und küsste mich.

Ich bekam voll die Panik, stieß ihn von mir und verließ fluchtartig den Pool.

„Bella, so warte doch!", rief er hinter mir her.

„Gute Nacht, Conte! Ich bin müde! Schlaf gut und danke für diesen Tag!"

Mein Herz klopfte wie verrückt und mir wurde gerade bewusst, dass er mir nicht ganz egal war.

Verwirrt zog ich meinen Bikini im Bad aus, drehte die Dusche auf, stellte mich darunter und schloss meine Augen. Wie würde das alles enden?

Wenige Augenblicke später, spürte ich eine Bewegung neben mir und zuckte heftig zusammen.

Erschrocken öffnete ich meine Augen.

Massimo!

„Was soll das!", schrie ich ihn an.

„Bleib ruhig, Bella! Die Dusche ist groß genug für uns beide. Nun hab dich nicht so! Spart Unmengen von Wasser! Ich habe dich bereits sehr intensiv in deiner Nacktheit begutachten können!"

„Soviel dazu, dass du wegschauen wolltest! Duschen hättest du auch am Pool können! Zum Glück war ich nicht so darauf versessen, dich genau zu studieren!"

Er lachte.

„Das meine Hübsche habe ich schon lange bemerkt! Du siehst jedes Mal gezielt woanders hin! Jetzt hast du die Gelegenheit mich genau zu begutachten! Traust du dich etwa nicht?"

„Idiot! Was bildest du dir ein, wer du bist! So toll wird deine Ausstattung auch nicht sein!", gab ich von mir, folgte seinem Anraten und merkte, wie mir die Röte ins Gesicht stieg.

Ich schnappte hörbar nach Luft.

„Zufrieden mit meiner Ausstattung, Principessa? Wie ich höre, hast du bereits Atemprobleme! Was ist? Willst du ihn anfassen oder nur anschauen?"

Fassungslos sah ich in seine Augen und verließ die Dusche. Ich nahm mir ein Badetuch aus dem Regal, schlang es um mich und machte mich auf den Weg in die Küche.

Ich räumte die Reste von unserer Grillorgie ab, um mich von diesem Geschehnis abzulenken.

Plötzlich stand Massimo hinter mir.

Ich zuckte zusammen und drehte mich vorsichtig um.

Zumindest hatte er einen Bademantel an

„Isabella, hast du noch Hunger? Es sind noch fertige Steaks da!"

Ich schüttelte den Kopf.

„Nein danke, Massi! Ich bin pappsatt und hole mir nur noch etwas zum Trinken."

Ich öffnete den Kühlschrank, nahm mir eine Flasche Rotwein heraus und bat Massimo sie zu öffnen.

Prompt kam einer seiner doofen Sprüche.

„Meinst du nicht, dass du schon genug Alkohol intus hast? Du solltest dich etwas zurücknehmen!"

Ich giftete ihn wütend an.

„Derjenige, der sich zurücknehmen müsste, bist du! Es kann dir doch egal sein, wie viel ich saufe! In deinen Augen war ich von Anfang an eine Alkoholikerin. Lass mich einfach zufrieden! Ich geh jetzt schlafen! Gute Nacht!", gab ich erbost von mir und verschwand in Richtung Zimmer.

Angesäuert legte ich mich aufs Bett.

Ich dachte noch, was Massimo doch für ein arroganter Schnösel sei und schien kurz darauf eingeschlafen zu sein.

Massimo amüsierte sich köstlich über die Reaktion von Isabella und nahm eine gekühlte Wasserflasche aus dem Kühlschrank. Er würde sie ihr später ans Bett stellen. So wie der Himmel aussah, gab es heute Nacht wieder ein starkes Gewitter. Es war einfach zu heiß gewesen. Vorsichtshalber hatte er es Bella verschwiegen, die sonst panisch geworden wäre.

Nachdem die Küche wieder aufgeräumt war, nahm er die Wasserflasche vom Tisch und machte sich auf den Weg in sein Schlafzimmer.

Vorsichtig öffnete er die Türe und trat ein.

Isabella lag im Badelaken auf dem Bett und schlief.

Er stellte die Flasche ab und eilte in seinen Raum. Die Türe zu ihrem Zimmer ließ er vorsichtshalber offen.

Entspannt legte er sich auf sein Bett, grinste über die vorherige Situation im Bad und war Minuten später eingeschlafen.

Eine Stunde später wurde er unsanft von Isabella aus dem Schlaf gerissen.

Er schrak hoch, als sie ihn regelrecht ansprang, die Decke an sich riss und über den Kopf zog.

Draußen tobte ein heftiges Gewitter und sie war davor erneut zu ihm geflüchtet.

Er zog ihr, wie am Tag zuvor, vorsichtig die Decke vom Kopf.

Isabella zitterte am ganzen Körper und blickte ihn an.

„Massimo, kann ich bei dir schlafen? Dieses Gewitter macht mich wahnsinnig!"

Er nickte.

„Natürlich kannst du hier schlafen. Kein Problem. Scheint wohl zur Gewohnheit zu werden. Oder hegst du einen anderen Gedanken, um mir nahe zu sein!"

„Spinnst du? So nötig habe ich das auch nicht! Es tut mir leid, dass ich dich belästigt habe! Besser ich gehe wieder!"

Ich schoss aus dem Bett und machte mich zurück auf den Weg in meinen Raum, als ich von Massimo auf die Arme gehoben wurde.

„Entschuldige Bella, ich habe das nicht so gemeint!"

„Warum sagst du es dann?"

Behutsam setzte er sie aufs Bett.

Isabella legte sich zurück und zog erneut die Decke zu sich.

Massimo gesellte sich zu ihr.

Mit jedem Donnerschlag drückte sie sich enger an ihn.

Massimos Gefühlswelt geriet durch Isabellas Nähe völlig außer Kontrolle und dann passierte es.

Er küsste sie.

Isabella ließ es zu und dann geschah das, womit er nie gerechnet hätte, sie schlief mit ihm und es kam ihm so vor, als wenn sie darauf gewartet hätte.

Schweißgebadet lag sie danach vor ihm und er war immer noch völlig von ihrer Hingabe geflasht.

Diese Art von Sex, hatte er noch nie mit einer Frau erlebt.

Er strich ihr einige schweißnasse Haarsträhnen aus dem Gesicht und küsste sie auf die Stirn. Sie drehte sich um und kurz darauf war sie eingeschlafen.

Das Gewitter verzog sich und trotzdem wälzte sie sich stöhnend hin und her.

Anscheinend hatte sie einen Albtraum, denn er bekam sie nicht wach.

Nachdenklich beobachtete er sie noch eine zeitlang.

Hoffentlich hatte er eben keinen Fehler begangen. Er wusste nicht, wie sie morgen früh reagieren würde.

Isabella war ziemlich angetrunken gewesen, als sie sich ihm so einfach hingegeben hatte. Jedenfalls hatte er es genossen. Er legte sich zurück und war ebenfalls kurz darauf im Land der Träume versunken.

Ich wachte auf und blickte mich etwas verwirrt um.
Wieso lag ich in Massimos Bett.
Kurz drauf fiel mir alles wieder ein und mir wurde mehr
als schlecht.
Stöhnend schlug ich die Hände vors Gesicht.
Was hatte ich nur getan.
Welcher Teufel hatte mich heute Nacht geritten, dass
ich mit Massimo geschlafen hatte. An viel konnte ich
mich jedoch nicht erinnern.
Ich verschwand ins Badezimmer und machte mich
zurecht.
Danach zog ich mich an und eilte in die Küche, wo ich
auf Maria traf.
„Guten Morgen, Isabella! Wie geht es dir nach dieser
stürmischen Nacht? Konntest du schlafen?"
Ich nickte.
„Guten Morgen! Ja! Allerdings musste mir Massimo
wieder Asyl bei sich gewähren. "
Maria lachte.
„Nun, wenn es geholfen hat, war es okay."
„Mehr als es nötig war, Maria!", gab ich zurück und
erntete einen fragenden Blick von ihr.
„Frühstück gibt es heute im Esszimmer! Massimo
wartet bereits auf dich. Möchtest du lieber Kaffee oder
Tee?"
„Bitte eine große Tasse extra starken Kaffee. Den hab
ich heute nötig."
„Ich bring ihn dir sofort! Nun setz dich."
Mir wurde mulmig.
Was würde mich erwarten und wie würde Massimo
reagieren.
Ich betrat das Esszimmer, setzte mich und vermied so

gut es ging ihn anzusehen.

Sekunden des Schweigens vergingen.

„Guten Morgen, meine Hübsche! Wie geht es dir? Hast du gut geschlafen?", fragt er mich.

Ich schrak zusammen, nickte nur und war froh, als mir Maria den Kaffee brachte.

Gedankenverloren nahm ich mein Frühstück zu mir.

Massimo räusperte sich.

„Isabella, wir müssen dringend reden. Kannst du dich an die vergangene Nacht erinnern und was zwischen uns passiert ist?"

„Ja! Entschuldige diesen Fauxpas und ich hege keinen Groll gegen dich, Conte Sforza!", erklärte ich und schaute ihm in die Augen.

„Warum auf einmal so förmlich? Ich werde mich nicht rechtfertigen. Ich weiß, es war unrecht und ich habe deine Situation einfach mehr als schamlos ausgenutzt, Principessa! Eigentlich bin ich derjenige, der sich bei dir entschuldigen muss! Jedoch hatte ich in dieser Nacht mehr als wundervollen Sex. Wie geht es jetzt mit uns beiden weiter?"

„Ich weiß es nicht, Massimo! Ich denke gar nicht! Belassen wir es doch einfach bei diesem Ausrutscher. Außerdem weiß ich wieder, was mir damals als Kind passierte. Anscheinend hast du heute Nacht etwas bei mir ausgelöst, was meine Blockade durchbrochen hat. Zumindest kann ich jetzt alles aufarbeiten und das ist gut so."

„Was machst du später? Ich habe heute Abend eine kleine Poolparty am Start! Einige Freunde kommen und es würde mich freuen, wenn du mitfeierst, Bella."

„Ich kann dir nichts versprechen, Massi! Eigentlich wollte ich zurück in mein Haus. Die Klausel ist ja hinfällig. Also kannst du mit den Umarbeitungen hier aufhören. Eine einzige Bitte habe ich allerdings noch. Unterschreibe endlich das Übereinkommen bei Berlotini!"

„Was, wenn ich es nicht mache?"

„Ganz einfach Massimo, ich habe noch ein weiteres Schreiben für dich aufsetzen lassen. Solltest du nicht in zwei Wochen reagiert haben, wird Berlotini dir eine Schenkungsurkunde zu kommen lassen. So einfach ist das!"

„Sehr clever, Bella! Fast wie beim Schach! Du setzt mich irgendwie dauerhaft außer Gefecht und gehst auf Nummer sicher."

„Nur ist mir das heute Nacht nicht gelungen! Da habe ich mich selbst schachmatt gesetzt!"

„Bereust du es?"

„Wie kann ich etwas bereuen, wenn ich überhaupt nichts unter meinem Alkoholeinfluss mitbekommen habe. Anscheinend habe ich wirklich etwas verpasst, denn du scheinst es voll ausgekostet zu haben", gab ich zurück und stand auf.

„Wohin gehst du?"

„In die Küche, um mit Maria die Pralinen herzustellen. Du hast doch sicherlich noch einiges für deine Feier zu besorgen und herzurichten. Lass dich nicht von mir aufhalten. Außerdem ist mir im Moment diese ganze Gesprächsführung mehr als peinlich!"

Massimo erhob sich ebenfalls.

„Isabella, ich glaube es gibt noch Gesprächsbedarf zwischen uns. Lass uns später darüber reden. Ich bitte dich darum."

Ich nickte nur und beeilte mich in die Küche zu kommen.

Die Herstellung der verschiedenen Pralinensorten mit

Hilfe von Maria wurde ein voller Erfolg und sie half mir noch, sie in kleine Tütchen zu packen und mit bunten Schleifchen zu verzieren.

„Ich danke dir, dass du mich unterstützt hast Maria. Die restlichen sind für uns. Greif zu! Wir haben es uns verdient!"

„Gerne Isabella! Ich werde uns noch zwei Tassen Kaffee dazu machen und dann genießen wir unser Werk!"

Ich lachte.

Im selben Augenblick erklang eine weibliche Stimme hinter uns.

„Maria, dann stell bitte noch eine dritte Tasse dazu!"

Erschrocken wirbelten wir herum.

„Contessa Sforza? Welch seltener Besuch! Gerne, ich bin sofort wieder mit dem Gewünschten zurück!"

Maria knickste und verschwand.

Mein Gegenüber musterte mich.

„Also, du bist Principessa Isabella Dandolo? Du hast dich ja ganz schön gemausert in den Jahren! So hätte ich dich nicht wieder erkannt. Du warst als Kind eher unscheinbar. Eine richtige Schönheit ist aus dir in all den Jahren geworden!"

„Dankeschön! So wie ich das sehe sind sie die Nonna von Massimo!

Sie nickte.

„Kind, du kannst mich duzen. Erkennst du mich denn nicht mehr?"

„Doch, aber wir haben uns lange nicht gesehen und es wäre respektlos! Auf ein Nonna Felicia würde ich mich jedoch einlassen", gab ich zurück.

Sie lachte.

„Bene, posso essere coinvolto in questo! – Gut, darauf kann ich mich einlassen!"

Maria erschien mit dem Kaffee und den restlichen Pralinen.

Wir setzten uns an den Tisch und plauderten lustig drauf los.

Im Laufe der Gespräche stellte sich heraus, dass Nonna sehr gut über mich informiert war.

Auf Nachfrage, woher sie all das wusste, erklärte sie mir, dass Aldo sie schon seit einiger Zeit informierte.

„Du hast vor kurzem Massimo über einen Notar das Schloss komplett überschrieben? Bist du dir sicher? Hast du dir das gut überlegt?"

Ich nickte.

„Ja, ich möchte es nicht und Massimo weigert sich, aus welchem Grund auch immer, zu unterzeichnen! Ich habe deshalb vorsorglich eine Schenkungsurkunde vom Notar erstellen lassen! Dann eben so!"

Contessa Felicia lachte und im gleichen Moment betrat Massimo vollbepackt die Küche.

Er stutzte kurz.

„Nonna! Was verschafft mir die Ehre, dass du mich hier unten mit deinem Besuch beehrst?"

„Ich war einfach neugierig, wie Isabella jetzt aussieht und ich muss sagen, sie ist eine Schönheit geworden! So kam es zu einem Gespräch und dann ergab sich diese kleine Frauenrunde. Wie lange bleibt Isabella? Feierst du heute wieder eine deiner Partys!"

Er nickte.

„Ja! Wie lange Isabella bleibt, weiß ich nicht! Es liegt an ihr, wie lange sie mich erträgt!"

Ich wandte mich an ihn.

„Nicht mehr lange, Massimo! Du bist mich bald los! Ich habe deine Nonna aufgeklärt und nun kannst du getrost unterschreiben!"

„Isabella, ich muss mit dir reden! Jetzt! Entschuldigt,

dass ich sie kurz entführe! Es ist wichtig!"
Seine Großmutter grinste und stand auf.
„Ich wollte sowieso nach oben! Wenn es für dich okay
ist Massimo, besuche ich dich morgen Nachmittag zum
Kaffee."
„Ich freue mich!", gab er von sich und zog Isabella am
Arm mit sich nach draußen.
„Autsch! Massimo! Du tust mir weh! Was willst du?"
„Was hast du Nonna erzählt?", blaffte er.
„Nichts! Sie wusste bereits von Aldo, was Sache ist!
Jetzt lass meinen Arm los! Ich drehe noch eine Runde
im Pool, bevor deine Freunde kommen und verziehe
mich dann für den Rest des Tages in mein Zimmer!"
Massimo ließ mich los.
„Ich möchte, dass du an der Party teilnimmst!"
„Warum sollte ich? Ich kenne niemanden von deinen
Freunden! Sind da auch weibliche dabei?"
„Mein Gott, dann lernst du sie eben kennen! Ja, es sind
auch weibliche dabei! Hast du ein Problem damit?
Also?"
„Problem nicht! Muss ich mich darauf einstellen, dass
die eine oder andere bei dir nächtigen wird? Vielleicht
sollte ich dann lieber mit der Couch im Wintergarten
vorlieb nehmen oder nachhause fahren!"
„Bella, dass liegt an dir!"
„Wieso an mir?", fragte ich nach.
„Vielleicht möchtest du die Nacht wiederholen? Ein
Versuch wäre es wert und du solltest nüchtern bleiben,
dann hast du auch etwas davon, meine Hübsche!"
„Spinnst du? Du scheinst die Frauen wohl wie deine
Unterhosen zu wechseln. Massimo, ich habe eine
Frage? Sie kam mir gerade in den Sinn! Hattest du heute
Nacht mit mir geschützten Sex?"
„Nein, dazu war keine Zeit mehr, denn es ging alles sehr

schnell! Ich gehe doch stark davon aus, dass du verhütest. Warum fragst du?"

Mir wurde plötzlich schlecht.

„Hoffen wir, dass nichts passiert ist! Zurzeit verhüte ich nicht! Bete zu Gott, Conte!"

Ich drehte mich auf dem Absatz um, flüchtete in Richtung Pool und brach in Tränen aus. Was, wenn er einen Treffer gelandet hatte.

Völlig entnervt setzte ich mich auf einen Liegestuhl und dann tauchten die ersten Gäste von Massimo auf, die mich aus meinen Überlegungen rissen.

Ohne mit der Wimper zu zucken, zogen sich alle nackt aus und verschwanden im Pool.

Ich war völlig entsetzt. So sahen also die Poolpartys von Massimos aus. Wohl eher Sexpartys.

Ich flüchtete mich regelrecht in den Wintergarten und fand auch da nur nackte Weiber vor, die Massimo nur so umringten.

Zumindest trug er eine Badehose. Grinsend schaute er mich an. Besonders eine tat sich extrem hervor und ich bekam mit, dass sie wohl eine Sonderstellung bei ihm hatte.

Sie hing wie eine Klette an ihm und hatte ihn auch dauerhaft im Beschlag.

Im Laufe des Abends erfuhr ich, dass sie Mariella hieß und die Tochter eines Winzers aus dem Nachbarort war. Natürlich adliger Herkunft.

Die ganze Situation widerte mich an und ich machte einen Rundgang auf der rechten Hälfte der Räume. So bekam ich mit, dass Massimo mich übelst angelogen hatte. Es waren genügend Zimmer mit Bad, für Gäste vorhanden. Mein Gott, wie naiv war ich eigentlich. Er hatte mich bewusst bei sich schlafen lassen.

Gerade als ich eines der Zimmer verließ, stieß ich mit

ihm zusammen und er blickte mich erschrocken an.
„Hier bist du, Bella!"
„Ja, nur nicht mehr lange! Ich rufe mir jetzt ein Taxi und fahre in meine Wohnung zurück. Was bist du doch für ein verlogener, mieser Kerl. Das Einzige was du je wolltest war, mich ins Bett zu bekommen. Nun, es ist dir gelungen. Sicher bist du auch noch stolz. Geh mir aus dem Weg, denn wir haben uns nichts mehr zu sagen. Unterschreibe den Vertrag bei Berlotini und gut ist es!", brüllte ich ihn an.
„Bella ich ......"
Wütend schnitt ich ihm das Wort ab.
„Lass mich in Ruhe! Ich will nichts mehr hören! Wie naiv bin ich eigentlich, dass ich auf dich hereinfallen konnte!"
Aufgebracht rannte ich in mein Zimmer, suchte meine Klamotten zusammen, rief mir ein Taxi und wartete vor der Tür.
Kurze Zeit später traf ich an meinem Haus ein. Ich schloss die Tür auf, trat ein und setzte mich auf meine Couch.
Herrlich! Ich war in meinen eigenen vier Wänden und konnte schalten und walten, wie ich wollte.
Ich nahm eine kleine Abkühlung in meinem kleinen Swimmingpool, machte mir etwas zu Essen und legte mich ins Bett.
Morgen wollte ich mir aus der Apotheke die Pille danach holen und nachträglich einnehmen.
Irgendwann schlief ich ein.

Massimo erschrak, als er auf Isabella stieß.
Mit dieser Aktion hatte er sich alles verscherzt.
Nun war sie weg und er konnte ihre Reaktion mehr als nachvollziehen.

Während er sich noch Gedanken machte, wurde er von Mariella abgelenkt.

„Massimo wir haben Hunger! Wirfst du den Grill an?"
Er nickte und machte sich auf den Weg zurück in den Wintergarten.

Zwei Stunden später neigte sich die Feier dem Ende zu und es kehrte langsam Ruhe im Schloss ein.

Seine Freunde hatten alle Gästezimmer in Beschlag genommen und Mariella zog ihn in sein Schlafzimmer.

Seine Gedanken weilten immer noch bei Isabella und als Mariella an ihm herumnestelte, stieß er sie schroff von sich.

„Nein! Ich bin heute nicht in Stimmung, Mariella! Am besten ist, du schläfst heute im Nebenzimmer! Wir sehen uns morgen früh!"

Mariella stand schmollend auf und verschwand nach nebenan.

Massimo lehnte sich zurück, schloss seine Augen und dachte an Isabella.

Morgen musste er unbedingt mit ihr reden.

Nur wurde daraus nichts.

Massimo, hatte schlecht geschlafen und war schon sehr bald wach.

Er aktivierte sein Handy und versuchte verzweifelt Isabella zu erreichen. Diese drückte ihn dauerhaft weg und ignorierte seine Sprachnachrichten.

Fluchend machte er sich auf den Weg zu ihr, doch sie reagierte auf nichts.

Vielleicht war sie bei Aldo und frühstückte dort.

Er betrat die Pizzeria und wurde von ihm begrüßt.

„Guten Morgen, Massimo!"

Er blickte sich suchend um.

Aldo räusperte sich.

„Falls du Isabella suchst, wirst du sie hier nicht finden. Sie ist vor einer Stunde überraschend abgereist und war mehr als verstört. In einem halben Jahr ist sie wieder vor Ort. Sie hat mir bis da hin, die Führung überlassen. Ein Kurs für den Sommelier ist kurzfristig anberaumt geworden."

„Verflucht! Weißt du, wohin sie ist?"

„Keine Ahnung, aber diese Winzerei scheint ganz in der Nähe zu sein. Hattet ihr Streit?"

Massimo nickte.

„Nicht nur das, Aldo. Ich erkläre es dir bei einem Glas Wein!"

„Massimo? Wieso schon so früh am Alkohol trinken? Da scheint wirklich etwas Ernsthaftes zwischen euch beiden vorgefallen zu sein!"

Aldo holte eine Flasche von Massimos Lieblingswein und zwei Gläser.

Fragend blickte er ihn an, als er sich setzte und die Gläser befüllte.

Massimo seufzte, als er anfing Aldo über die Situation aufzuklären.

Geduldig hörte dieser zu, bevor er seine Meinung dazu abgab.

„Dumm gelaufen für dich! Wie stehst du zu Isabella? Ist sie wieder nur eine deiner Gespielinnen oder hast du diesmal ernsthafte Gefühle."

„Diesmal ist es vollkommen anders und ich kann mein Gefühl für Principessa nicht zuordnen. Sie ist einfach ein Rätsel für mich. Sie besitzt eine charismatische Aura, die mich anzieht!"

„Hast du versucht sie zu erreichen?"

„Ja und sie reagiert auf nichts! Ich sollte sie über GPS orten! Vielleicht finde ich so ihren Standort, um sie vor Ort zur Rede zu stellen!"

„Guter Ratschlag von deinem Onkel, Massimo! Lass es sein! Warte, bis sie mit dir in Verbindung tritt, auch wenn es Monate dauert! Schick ihr eine Nachricht und erkläre ihr alles! Ich denke, sie wartet auf ein wichtiges Ergebnis. Isabella hatte heute Morgen mehrere, Schwangerschaftstests in ihrer Handtasche. Paolo hat es mir erzählt. Er stieß aus versehen ihre Tasche vom Stuhl und der ganze Inhalt fiel heraus. Als er sie fragend anblickte, hielt sie den Zeigefinger vor die Lippen. Sie bat ihn in dieser Sache vorerst unbedingt Stillschweigen zu bewahren. Paolo ist ja auch nicht doof und hat eins und eins zusammengezählt. So wie es aussieht, ist sie gerade vor sich selbst auf der Flucht. Frag einfach, ob sie einen Verdacht in diese Richtung hegt und warte auf ihre Antwort."

Massimo trank sein Glas leer, stand auf und bedankte sich bei seinem Onkel fürs zuhören.

„Ich werde deinen Ratschlag befolgen und hoffe Bella wird mir antworten. Bis bald!"

Aldo nickte und Massimo verließ die Pizzeria.

Kaum war er wieder im Schloss, wurde er von Mariella bestürmt.

„Wo warst du? Hast du heute für mich Zeit für ein paar Streicheleinheiten?"

Massimo reagierte mehr als genervt.

„Mariella ich bitte dich, fahr nachhause! Ich habe noch einige geschäftliche Dinge zu erledigen! Für Sex habe ich zurzeit keinen Sinn! Ich rufe dich wieder an!"

„Du entwickelst dich zum Langweiler, Massimo! Liegt es an dieser Principessa Isabella, die ständig hier vor Ort herumschleicht?"

„Nein! Gib endlich Ruhe! Isabella ist die nächsten Monate nicht vor Ort! Ich habe zurzeit nur viel um die Ohren!"

Mariella verabschiedete sich und zog schmollend ab. Massimo eilte in die Küche, machte sich einen Kaffee, schrieb Isabella eine lange Mail und wartete mehr als ungeduldig auf Antwort.

Zwei Stunden später erhielt er sie.

Isabella rief ihn an.

„Bella! Endlich!"

„Hallo Massimo! Ich bin in einem halben Jahr wieder vor Ort! Der Kurs zum Sommelier wurde kurzfristig frei und ich habe angenommen!"

„Wo bist du Bella?"

„Das Massimo, bleibt im Moment noch mein kleines Geheimnis! Ich möchte so gut wie möglich vermeiden, dass du hier auftauchst und mich nervst. Die Antwort auf deine Frage, ob ich schwanger bin, kann ich dir erst nächste Woche geben. Bis dahin musst du dich genauso wie ich gedulden. Ich habe nachträglich Vorsorge getroffen und hoffe es bleibt bei einem negativ. Wir hatten nicht verhütet und ich wünsche mir, es hat keinerlei Konsequenzen. Ich glaube kaum, dass du schon bereit bist Vater zu werden. Obwohl ich würde auch alleine klar kommen. Egal! Grüße alle schön von mir. Ach, und noch etwas! Du bekommst noch diese Woche Post von Berlotini. Ich habe veranlasst, dass er die Schenkungsurkunde sofort an dich schickt. Ich möchte das Schloss nicht und bin somit dir gegenüber alle Verpflichtungen los."

„Nicht ganz, Isabella! Solltest du schwanger sein, ändert sich alles!"

„Mag sein! Warten wir es ab! Heirat ausgeschlossen! Bis demnächst, Massimo! Schönen Abend dir noch!"

Bevor er reagieren konnte, hatte sie ihn weggedrückt. Massimo fluchte.

Nun, zumindest hatte sie auf seine Frage reagiert und er

war damit vorerst zufrieden.

Jetzt hieß es sich bis nächste Woche zu gedulden.

Nachdenklich erledigte er seine geschäftlichen Dinge und seine Gedanken schweiften immer wieder zu ihr.

Ich hatte heftiges Herzklopfen bekommen, als ich die Stimme von Massimo hörte. Mir passte es überhaupt nicht in mein Konzept, dass Paolo geplaudert hatte.

Nun war es passiert und ändern konnte ich es auch nicht mehr.

Ich musste eben durch diese Sache durch.

Koste es, was es wolle!

Mit Berlotini hatte ich ein längeres Gespräch geführt und die Urkunde war an Massimo bereits unterwegs. Als ich ihm erklärte, dass ich eventuell von Massimo schwanger war, lachte er und meinte, dass dies ihm sicher nicht in seine Zukunftspläne passte. Ich sollte mir noch mal überlegen, ob ich doch die Hälfte des Schlosses einfordern sollte. Meine Antwort lautete, dass ich hoffentlich nicht schwanger war und egal was geschehen würde, ich wollte dieses Schloss nicht. Ich zog sogar in Erwägung das Lokal zu vermieten und zurück nach Deutschland zu gehen. Auf Nachfrage, ob Massimo von meinem Vorhaben wusste, verneinte ich.

Im Moment kam alles sehr ungelegen und eine Schwangerschaft würde meine zukünftigen Vorhaben beeinträchtigen.

Spätestens in einer Woche nach dem Test, würde ich Bescheid wissen.

Der Kurs zum Sommelier lenkte mich etwas von meiner momentanen Situation ab. Ich hatte nebenbei noch einen zur Veredlung von Weinreben gebucht und nächsten Monat sollte für mich noch ein Kurs zum Patissier stattfinden.

Danach standen die Wahl zur Weinkönigin und die Prüfungen auf dem Plan. Also keine Zeit, um sich den Kopf über Nebensächlichkeiten zu zerbrechen.

Ich hatte zu den Besitzern des Weingutes bereits nach einem Tag, ein sehr gutes Verhältnis aufgebaut und deren Sohn Riccardo umschwirrte mich dauerhaft.

Anscheinend hatte man Erkundigungen über mich und meine Familie eingezogen.

Schon am ersten Tag erfuhr ich, dass Riccardos Vater, meine Mutter aus früheren Zeiten kannte und sie mir einen kleinen Weinberg hinterlassen hatte, den er und seine Frau seit Jahren bewirtschafteten.

Meine frühzeitigen Kurse waren also nicht zufällig gewesen und Berlotini hatte wohl seine Finger mit im Spiel. Er schien mir wohl einiges aus dem Testament verschwiegen zu haben.

Nach meiner Rückkehr würde ich ihn zur Rede stellen.

Jetzt war ich noch Besitzerin eines Weinberges.

Na super!

Langsam, aber sicher überforderten mich diese Dinge.

Luigi und Cosima Moretti erklärten mir, dass meine Trauben ergiebig waren und diesmal einen sehr guten Jahrgang abgeben würden.

Ich sollte mir einen besonders guten Namen fürs Etikett ausdenken.

„Kein Problem! Nennen wir ihn einfach Principessa Isabella oder Principessa Bella!"

„Gute Idee! Hast du denn schon ein Etikett ins Auge gefasst?", gab Riccardo von sich und lachte.

Ich nickte.

„Ja! Ein goldenes Krönchen und darunter die Schrift! Passt hervorragend! Ich gestalte es und zeige es euch dann! Alle Teilnehmer an diesem Kurs, sind herzlich dazu eingeladen, ebenfalls kreativ zu sein! Sehen wir, was dabei herauskommt! "

Alle nickten begeistert.

Der Abend verlief noch sehr harmonisch und dann machten sich alle auf in ihre Zimmer. Ich war ziemlich erledigt von dem heutigen Tag und schlief sofort ein.

Der Rest der Woche verlief entspannt.

Eine Woche später, machte ich vor dem Frühstück schnell diesen Schwangerschaftstest, der zum Glück negativ ausfiel.

Erleichtert atmete ich auf und schickte Massimo eine Nachricht.

Kurz danach rief er mich an.

„Bella, da haben wir beide noch mal mehr Glück als Verstand gehabt. Beim nächsten Mal sollten wir an Verhütung denken!"

„Ja! Eine eventuelle Schwangerschaft hätte nicht in mein Konzept gepasst! Leider wird es ein nächstes Mal nicht geben Massimo! Was denkst du dir? Es war ein Ausrutscher und nicht mehr!"

„War ich so schlecht, dass du keine Wiederholung mit mir wünschst?"

„Ich sagte dir doch schon ...ich habe überhaupt nichts unter meinem Alkoholeinfluss mitbekommen. Also kann ich nicht bewerten, ob du gut warst oder nicht. Lass die Sprüche! Ich beende das Gespräch! Was du wissen solltest, weißt du jetzt! Keiner ist dem anderen zu irgendetwas verpflichtet! Schönes Wochenende und lass mich, bis ich zurückkehre in Ruhe", blaffte ich ihn an.

So vergingen die ersten vier Wochen. Meine Etiketten für den Wein waren gedruckt und ich hatte mit Erfolg den Patissier bestanden.

Der Kurs und die Prüfung waren vorverlegt worden.
In der fünften Woche erlebte ich eine Überraschung.
Jeden Morgen wurde mir ein Sprintgang beschert und ich erbrach mich fürchterlich.
Zuerst dachte ich an eine Darmgrippe, bis mir bewusst wurde, dass ich eventuell doch schwanger sein konnte.
Mit gemischten Gefühlen machte ich einen zweiten Test und fiel aus allen Wolken.
Positiv!
Ich war völlig geschockt.
Was nun?
Massimo würde ich vorerst nichts davon sagen, denn ich musste erst selbst damit klar kommen.
In der sechsten Woche bestand ich meine Prüfung zum Sommelier.
Cosima war darüber sehr erfreut und erwischte mich bei der Begehung im Weinberg, als ich mich gerade wieder einmal übergeben musste.
Sie nahm mich zur Seite und sprach mich darauf an.
Heulend erklärte ich ihr, was mein Problem war.
„Ach, Isabella! Du bekommst auch ohne diesen Conte dein Kind groß. Heutzutage ist das kein Problem mehr und finanziell bist du auch abgesichert. Also, was soll die Heulerei! Konzentrier dich jetzt auf die Weinernte und die Krönung zur Weinkönigin. Man hat dich, weil du gute Kenntnisse bei der Weinprüfung abgegeben hast dazu auserwählt. Kopf hoch! Besser kann es nicht laufen. Blicke nach vorn! Falls du ein Problem hast, kannst du dich gerne an uns wenden. Riccardo wird ein Auge auf dich haben und schützend seine Hand über dich halten!"
Ich bedankte mich bei Cosima für ihre Hilfe.
Die Krönung zur Weinkönigin wurde ein voller Erfolg und sämtliche Medien berichteten davon.

Massimo wusste nun, wo ich mich aufhielt, und ließ mir einen riesigen Strauß roter Rosen zukommen. Ich bedankte mich und teilte ihm mit, dass ich noch bis zur Weinernte vor Ort bleiben würde. Er beglückwünschte mich für den ererbten Weinberg und meine Eigenmarke. Ich lachte und versprach, ihm ein paar Flaschen mitzubringen.

Ich war bereits Anfang vierter Monat, als dieser Unfall passierte und ich das Baby verlor. Bei der Traubenlese stürzte ich an einem der Hänge. Ich verlor den Halt und rutschte mehr als ungünstig hinunter, wobei ich mich ein paar Mal überschlug, mit dem Kopf irgendwo aufschlug und das Bewusstsein verlor.

Ich erwachte im Krankenhaus wieder und nach der Eröffnung des Arztes, dass ich mein Baby dabei verloren hatte, versank ich in einem tiefen Loch. Cosima besuchte mich täglich. Auf Nachfrage, ob sie vielleicht Massimo informieren sollte, verneinte ich.

„Cosima, er darf auf keinen Fall erfahren, dass ich doch schwanger wurde. Er hat noch den Stand, dass ich nach dem ersten Test negativ war. Es stellte sich nun heraus, dass dieser doch falsch gewesen war. Irgendwann werde ich ihn aufklären. Sind alle meine Flaschen schon abgefüllt?"

Sie nickte.

„Ja und sobald es dir besser geht, wird Riccardo dich nachhause bringen. Jetzt bleibst du noch einige Zeit hier bei uns, bis du vollständig genesen bist. Es tut mir leid um dein Kind:"

„Schicksal Cosima! Vielleicht ist es so besser!"

Wegen meines Gemützustandes musste ich zwei

Monate im Krankenhaus verbleiben und wurde dann endlich entlassen.
Von all dem, wusste Massimo nichts.
Das halbe Jahr war verstrichen und ich fuhr erleichtert nachhause.
Riccardo wollte mir Tage später mit meiner Weinernte folgen.
Ich hatte vor, eine Verkostung verschiedener Weine des Weingutes, meinen Kunden nahe zu bringen.
Aldo war erstaunt, als ich zwei Tage später im Lokal erschien.
„Isabella! Schön dich zu sehen! Wie geht es dir? Gut siehst du aus! Wie lange bist du schon hier? Weiß Massimo schon Bescheid?"
Ich lachte und begrüßte alle.
„Stopp, Leute! Nicht so viele Fragen auf einmal! Mir geht es gut. Ich weile seit zwei Tagen wieder vor Ort. Und nein, Massimo weiß noch nichts und das soll auch im Moment so bleiben. Er erfährt es noch bald genug. In ein paar Tagen kommt Conte Riccardo mit einer Lieferung meiner Weine. Ich beabsichtige eine Verkostung für unsere Gäste vorzunehmen. Aldo ich habe extra ein Menü dazu kreiert. Lass uns im Vorfeld alles besprechen und ich nehme bereits heute die Vorbereitungen dazu vor und werde Probekochen. Ich möchte nichts dem Zufall überlassen!"
„Das wird wohl Mariella nicht in den Kram passen! Sie spielt sich seit Monaten hier wie die Chefin auf."
Entsetzt blickte ich ihn an.
„Warum hast du mich nicht informiert! Ich wäre doch sofort erschienen! Was sagt Massimo dazu? Ist er nicht dazwischen gegangen?"
„Du konntest doch nicht kommen. Ich weiß Bescheid, was vorgefallen ist und habe Contessa Cosima in die

Hand versprochen zu schweigen. Es tut mir von Herzen leid wegen des Babys. Ich weiß auch nicht, was mit Massimo los ist."

„Nun, dann wird es Zeit, dass hier wieder ein anderer Wind weht! Ich bin jetzt vor Ort! Wann taucht diese Mariella wieder auf? Sie ist mir schon negativ auf einer Party von Massimo aufgefallen! Soviel ich weiß, gehört das Weingut im Nachbarort ihrer Familie!"

„Sie wird gegen Abend wie immer mit Massimo hier erscheinen!"

„Okay, ich werde mich vorerst im Hintergrund halten und mir ihr Treiben angucken. Danach greife ich ein. Kein Wort zu Massimo!"

Aldo nickte.

Wir bereiteten einiges vor und kurz vor Öffnung zog ich mich zurück, um die Situation zu beobachten.

Mariella spielte sich wirklich so auf, als wenn ihr das Lokal gehörte.

Nachdem einige Gäste von ihr beleidigt wurden, nur weil ein Glas Wein umgefallen war und gingen, griff ich ein.

Mir reichte es, denn Massimo ließ sie gewähren.

Ich erschien aus meiner Deckung.

„Was wird das eigentlich hier? Massimo, kannst du mir das bitte erklären? Willst du mich ruinieren? Was hat dein Betthäschen hier zu melden?"

Massimo wirbelte herum.

„Isabella? Du bist wieder hier?"

„Ja und wohl gerade im richtigen Augenblick! Mariella sie verschwinden sofort aus meinem Lokal! Ich erteile ihnen hiermit Hausverbot! Was bilden sie sich ein, die Gäste so zu beleidigen? Und du Massimo kannst gerne mit ihr gehen, falls es dir nicht passt! Also?"

Mariella taxierte mich von oben bis unten.

„Hat dieses Trampel mir etwas zu befehlen, Massimo? Du als Chef dieses Lokals, lässt so mit dir reden?"

Massimo stöhnte auf.

„Mariella wie oft denn noch! Dieses Lokal gehört allein Principessa Dandolo! Sie ist die Chefin!"

Ich verlor langsam die Geduld.

„Raus hier! Sofort!", brüllte ich und zog dieses Übel am Arm vor die Tür.

Massimo war mir gefolgt, bugsierte mich zurück ins Lokal und eilte noch mal nach draußen.

Nach einer guten halben Stunde kam er zurück und zog mich in seine Arme.

„Schön, dass du wieder hier bist! Erzähl doch einmal, wie es dir ergangen ist!"

„Fass mich nicht an und setz dich Massimo! Ich bin bereits vor zwei Tagen eingetroffen. Nun, es gibt nicht viel zu berichten! Das meiste hast du ja bereits aus den Medien erfahren. In ein paar Tagen kommt Conte Riccardo und bringt mir einige Weine mit. Ich habe vor, meinen eigenen, bei einer Verkostung und einem extra darauf abgestimmten Menü vorzustellen. Was hat dich dazu veranlasst diese Mariella hier agieren zu lassen, wie sie will! Hattest du Bedenken, wenn du ihr Einhalt gebietest, dass du dein Sexspielzeug verlierst? Guck nicht so! Ich weiß, wie du zu ihr stehst! Geht's dir eigentlich noch gut? Hast du von Berlotini die Schenkungsurkunde erhalten? Jetzt lass mich los, du tust mir weh!"

„Entschuldige! Wer ist dieser Riccardo? Berlotini hat mir die Urkunde bereits überreicht! Warum hast du das getan, Bella?"

„Ich hatte dir doch erklärt, dass ich das Schloss nicht möchte! Riccardo ist der Sohn des Weingutes. Da ich kein Auto habe, um meine Flaschen zu transportieren, bringt er sie freundlicherweise vorbei und hilft mir bei meiner Feuerprobe als Sommelier!"

„Dabei hätte ich dir auch helfen können! Ich bin auch ausgebildeter Sommelier und habe ein Studium im Bereich Immobilien absolviert!"

„Schön, dass zu erfahren. Ich dachte, du bist von Beruf nur Schlossbesitzer", gab ich lachend von mir.

„Sehr witzig, Principessa! Lass uns deine Ankunft hier und jetzt gebührend begießen. Was hältst du davon? Du müsstest mir heute Nacht Asyl gewähren, falls ich zuviel getrunken habe!"

„War mir fast klar, dass die Geschichte einen Haken hat. Also ausnahmsweise. Du nächtigst allerdings im Gästezimmer! Ich benötige keine Streicheleinheiten! Ist das klar? Zumindest nicht von dir!"

„Von wem dann? Ist Riccardo dein neuer Favorit?"

„Massimo, es geht dich gar nichts an, mit wem ich in Zukunft kopulieren werde! Durch Kopulation im Pflanzenbereich, nachdem ich diesen Kurs belegt und meine Reben veredelt habe, hatte ich bereits Erfolg! Warum sollte es mir im biologischen nicht auch gelingen!"

Schräg sah er mich von der Seite an.

„Danke, Bella! Der Spruch hat gesessen! Also bin ich anscheinend nicht würdig, in dein vorhergesehenes Veredlungsprogramm mit aufgenommen zu werden! Du bist während deiner Abwesenheit ziemlich forsch geworden! Was stimmt mit dir nicht?"

„Lass mich endlich in Ruhe, Massimo! Ich bin dir in keinster Weise irgendwie Rechenschaft schuldig!"

Ich musste mich zusammenreißen, um nicht in Tränen auszubrechen.

Aldo, der unser Gespräch mitbekommen hatte, blickte mich lange an.

Er räusperte sich.

„Jetzt hört auf, euch zu streiten, dass bringt nichts!"

„Ich streite nicht, sondern ich habe nur etwas geklärt", gab ich zurück.

Paolo hatte bereits eine Pizza zubereitet und dann saßen wir zu fünft am Tisch und ließen uns Pizza und Wein schmecken.

Gegen vier Uhr morgens torkelte ich mit Massimo aus dem Lokal.

Ich hatte einen heftigen Schwips.

Er hatte sich bei mir untergehakt und bugsierte mich nachhause, wo ich so wie ich war ins Bett fiel.

Massimo hatte seine Trunkenheit nur vorgespielt und war froh, bei Isabella nächtigen zu können. Jetzt saß er vor ihrem Bett und musterte sie wieder einmal, wie schon so oft.

Die Angelegenheit mit Riccardo passte ihm gar nicht. Wollte dieser Bella für sich gewinnen?

Ihm war aufgefallen, dass nach ihrer Rückkehr, mit ihr etwas nicht stimmte. Sie benahm sich äußerst komisch und mied seine Berührungen. Irgendetwas musste in der Zeit, wo sie weg war, vorgefallen sein. Er würde es noch herausbekommen. Ihm passte gar nicht, dass sie um sein früheres Verhältnis zu Mariella wusste,

Vielleicht wusste Aldo, was mit ihr nicht stimmte.

Morgen würde er ihn fragen.

Er hielt sich natürlich nicht an die Abmachung mit ihr, kleidete sich aus, legte sich neben sie und zog sie zu sich. Isabella brummelte etwas vor sich hin und schlief weiter.

Er hatte sie wieder und war auf diesen Riccardo mehr als gespannt.

Kampflos würde er sie ihm nicht überlassen.

Ich wachte auf und spürte, dass noch jemand anderes neben mir lag.

Erschocken schreckte ich hoch und mein Blick fiel auf Massimo.

So ein kleiner Stinker!

Hatte er doch tatsächlich meinen Wunsch ignoriert, sich zu mir gelegt und das auch noch nackt.

Er schnarchte vor sich hin und ich hielt ihm die Nase zu.

Nach Luft schnappend schoss er hoch und schaute mich erschrocken an.

„Isabella! Willst du mich umbringen?"

„Wenn es sein muss...Ja! Was hatte ich dir gestern noch gesagt? Gästezimmer!"

„Reg dich ab, Principessa! Du hast es doch überlebt und es ist nichts passiert! Schlaf einfach weiter! Ich stehe jetzt auf und mache dir ein leckeres Frühstück! Ist das okay für dich?"

Ich nickte, er drückte mir einen Kuss auf die Stirn und verschwand in die Küche.

Langsam erhob ich mich und eilte ins Bad. Nach einer ausgiebigen Dusche fühlte ich mich einigermaßen fit und gesellte mich zu ihm in die Küche.

„Was hast du heute noch vor Principessa?"

„Ich habe für meine Präsentation noch einiges zu tun. Es müssen Stehtische aufgestellt werden. Meine Karte für Essen und Wein muss gestaltet werden und ich muss jede Menge Servietten falten. Heißt für mich in den nächsten Tagen, bis Riccardo kommt, volles Programm!"

Massimo lachte.

„Bella, ich werde dir natürlich behilflich sein! Ich kümmere mich um die Stehtische!"

Ich schüttelte den Kopf.

„Kein Bedarf, Massimo! Es ist alles schon geklärt! Mir ist es lieber du kümmerst dich um Mariella, dass sie nicht dazwischenfunkt. Ich habe gehört, sie will mir in die Parade fahren und mich ausbooten. Irgendetwas heckt sie hinter meinem Rücken aus und hat es immer noch nicht geschnallt, dass dieses Lokal mir gehört. Halte sie mir vom Leib! Geh mit ihr schwimmen oder bleibe mit ihr an diesem Tag im Bett! Ich schaffe das alleine! Keine Diskussion!"

„Dich würde es tatsächlich nicht stören, wenn ich mich mit Mariella vergnügen würde? Verdammt noch einmal du Sturkopf, dann lass dir doch von diesem Riccardo helfen!"

Grinsend blickte ich ihn an.

„Warum sollte es mich stören? Es ist dein Betthäschen und nicht meines! Du kannst tun und lassen, was du willst, denn wir beide sind kein Paar! Helfen lasse ich mir mit Sicherheit! Du machst es mir nicht streitig, Massimo!"

Wütend stand er auf, brummelte etwas vor sich hin und dann hörte ich, wie die Haustüre mit einem lauten Knall ins Schloss fiel.

Amüsiert lachte ich auf.

Auweia, da hatte ich wohl jemanden extrem gekränkt.

Von mir aus konnte er im eigenen Saft schmoren.

Verdient hatte er es.

Massimo war stocksauer auf Isabella.

Was bildete sie sich eigentlich ein.

Das er Mariella so einfach in Isabellas Lokal so hatte schalten und walten lassen, war nicht okay gewesen.

Jetzt bekam er wohl die Retourkutsche von ihr.

Er eilte zu Aldo.

Vielleicht konnte dieser ihm helfen.

„Guten Morgen, Aldo! Du musst mir helfen! Ich hatte erneut einen Streit mit Bella! Was stimmt nicht mit ihr? Sie verhält sich höchst eigenartig nach ihrer Rückkehr! Weiß Berlotini vielleicht etwas?"

„Was war der Anlass?"

Massimo klärte ihn auf.

„Im Moment kann ich dir nicht viel sagen, da ich versprochen habe, meinen Mund zu halten! Mein Versprechen breche ich nicht! Berlotini wird dir nicht weiterhelfen können, denn er weiß nichts! Gedulde dich einfach und warte, bis dir Principessa Rede und Antwort stehen wird."

„Super! Also weißt du, um was es geht und hältst dich bedeckt. Gut, ich werde es so hinnehmen müssen"

Fünfzehn Minuten später erschien Isabella und nahm ihren Plan in Angriff.

„Guten Morgen, Leute! Aldo, ich habe für Pepe, Paolo und dich eine kleine Liste zusammengestellt, was noch zu erledigen ist. Es würde mich freuen, wenn ihr mir zur Hand gehen würdet. Massimo auch für dich habe ich eine Aufgabe. Würdest du mir bitte beim Falten der Servietten helfen? Danach habe ich noch ein größeres Projekt zu bewältigen und möchte, dass du mir auch dabei hilfst!"

Massimo lachte und stand auf.

„Weißt du was, Isabella! Falte deinen Mist selbst! Du hast mir vorhin gesagt, ich soll dir Mariella vom Leib halten, was ich auch tun werde. Ich habe mir deinen Ratschlag zu Herzen genommen und werde mich mit ihr den ganzen Tag im Bett vergnügen. Such dir einen anderen Lakai! Schönen Tag wünsch ich noch", gab er von sich und verließ das Lokal.

Mit dieser Reaktion hatte ich nicht gerechnet und war geschockt.

Meine drei Mitstreiter schauten ihm kopfschüttelnd nach.

„Isabella, willst du ihm nicht endlich sagen, was dir passiert ist. Er hat schon komische Fragen gestellt!"

„Nein! Alles zu seiner Zeit! Hast du eigentlich noch diese Kettensäge? Ich habe bereits die Genehmigung bekommen, einen kleinen Biergarten zu eröffnen und muss im hinteren Bereich die Bäume stutzen, damit der Weg auch von vorne begehbar ist. Außerdem muss ich für das Dach vier herausnehmbare Pfosten setzen. Anders wurde die Überdachung leider nicht genehmigt. Die Pläne sind hier! Ihr könnt gerne einen Blick darauf werfen. Massimo sollte mir hierbei zur Hand gehen, denn nächste Woche kommt bereits die Kühltheke. Scheint wohl eher nichts zu werden. Egal! Ich schaffe das auch alleine."

„Isabella, du weißt aber schon, dass du eine Lizenz für eine Kettensäge benötigst!"

„Alles kein Problem! Die besitze ich und mit den anderen Projekten komm ich auch klar. Falls ich Hilfe benötige, melde ich mich! Ich leg dann mal los!"

„Die Kettensäge ist im Schuppen, Bella!"

Beim Hinausgehen schnappte ich mir einige Flaschen Wasser und machte mich auf den Weg in den Garten.

Ich setzte mir eine Schutzbrille und Gehörschutz auf und dann legte ich los.

Aldo war über das Verhalten von Massimo, gegenüber zu Isabella mehr als angestunken. Er rief ihn an und stutzte ihm den Kopf zurecht.

Als Massimo hörte, was Bella vorhatte, versprach er sofort wieder zu erscheinen.

„Aldo ich bitte dich, halte sie auf jeden Fall auf, bis ich da bin!"

„Zu spät Massimo! Sie sägt bereits!"

Fluchend machte sich Massimo auf den Weg zurück. Kaum war er wieder im Lokal angekommen, suchte er sie im Garten auf und grinste vor sich hin. Isabella hatte ihn noch nicht bemerkt und er konnte sie somit beobachten. Aldo hatte zwei Tassen Kaffee dabei, gesellte dich dazu und beide setzten sich auf die Stufen vom Durchgang, in den zukünftigen Garten. „Scheint so, als könne sie mit der Kettensäge umgehen und benötigt keine Hilfe. Ich hatte schon mit dem schlimmsten gerechnet!"
„Sie besitzt einen Schein! Also, weiß sie, was sie tut. Ich gehe jetzt wieder rein und überlasse sie dir. Hilf ihr einfach. Sie benötigt noch jemand, der vier Löcher gräbt, damit sie ihre Aufschraubhülsen für die Pfosten einbetonieren kann. Der Plan für alles liegt in der Küche und du kannst ihn dann einsehen. Isabella ist mehr als unglaublich. Der Mann, der sie zur Frau bekommt, kann sich glücklich schätzen."
Massimo nickte, stand auf, machte sich auf den Weg zu Bella und tippte ihr auf die Schulter.
Diese zuckte zusammen und drehte sich um.

Ich kam gut voran und dann tippte mir jemand auf die Schulter.
Erschrocken und unkontrolliert drehte ich mich um und sah nur noch, wie Massimo zurücksprang.
Ich schrie auf, schaltete die Kettensäge aus, warf sie zur Seite und riss mir den Hörschutz von den Ohren.
„Massimo! Bist du bescheuert! Ich hätte dich verletzen können! Weißt du nicht, dass diese Aktion von dir so etwas von gefährlich war? Ist alles in Ordnung? Geht es dir gut? Sorry, mir wird gerade schlecht!"
Ich zitterte am ganzen Körper und rannte in die Küche, wo ich in Tränen ausbrach.

Was, wenn ich ihn verletzt hätte?

Hinter meinem geistigen Auge spielten sich mehrere Horrorszenarien ab.

Aldo nahm mich in den Arm und versuchte mich zu beruhigen, was ihm nicht gelang.

Er wandte sich an Massimo.

„Du schnappst sie dir jetzt und bringst sie sofort weg von hier. Deine Aktion war gerade unentschuldbar! Am besten bringst du sie zu dir nachhause und lass sie auf keinen Fall alleine. Das war wohl zuviel für sie, denn diese Situation hat ihr einen Schock versetzt. Jetzt hau schon ab!"

Massimo nahm Isabella hoch und brachte sie in sein Auto.

Sie heulte, bekam überhaupt nicht mit, was um sie herum geschah und schlief irgendwann ein.

Nachdem sie am Schloss angekommen waren, nahm Massimo sie ganz vorsichtig aus dem Auto und trug sie in sein Schlafzimmer, wo er sie auf seinem Bett ablegte und zudeckte.

Er eilte in die Küche und berichtete Maria genau, was passiert war.

„Ich koche jetzt was Handfestes und du gehst zu ihr. Gib ihr etwa Geborgenheit, denn Isabella hat die letzten Monate einiges durchgemacht."

„Also, auch du weißt, um was es geht? Sicher wirst du es mir nicht sagen!"

„Nein, denn ich musste es Aldo versprechen! Gedulde dich einfach, bis sie es dir erzählt!"

„Super! Sieht so aus, als wenn ich von einer Bande von Verschwörern umgeben bin!"

„Sieh es wie du willst, Massimo! In zwei Stunden ist das Essen fertig."

Er stand auf, legte sich zu Isabella und zog sie wie

immer fest an sich.

Was verschwieg sie ihm.

Er weckte sie, nachdem Maria das Essen fertig und ihm Bescheid gegeben hatte.

Sie schüttelte den Kopf.

„Nein, Massimo! Ich habe keinen Hunger und fühle mich immer noch schlecht. Lass mich bitte schlafen."

Er nickte.

„Wenn du etwas benötigst, sag Bescheid."

Massimo zog sich an den Pool zurück und schwamm einige Runden, als plötzlich Mariella auftauchte.

Sie brüllte ihn an.

„Kannst du mir sagen, was diese Principessa in deinem Bett sucht? Ich habe sie gerade rausgeworfen!"

Irritiert blickte Massimo sie an.

„Du hast was? Spinnst du jetzt völlig? Was erlaubst du dir!"

Massimo stieg aus dem Pool, stieß Mariella zur Seite und rannte in sein Schlafzimmer.

Isabella war weg.

Er griff zum Handy und informierte seine Securities.

Sollte sie am Tor auftauchen, musste sie aufgehalten werden.

Schnell zog er seine Jogginghose an und fuhr mit seinem Auto bis zum Tor, wo man bereits Isabella in Obhut genommen hatte.

Als sie Massimo erblickte, rannte sie auf ihn zu und klammerte sich an ihm fest. Sie war völlig verwirrt.

Im Hintergrund hörte er Mariella laut keifen, die ihm gefolgt war.

Er drehte sich zu ihr um.

„Verschwinde! Jetzt! Ich melde mich bei dir!"

Dann nahm er Bella hoch, setzte sie in sein Auto, fuhr zurück und verbrachte sie erneut in sein Schlafzimmer.

Sie schlief sofort wieder ein.

Massimo versuchte erneut etwas zu entspannen, denn auch ihn hatte die Situation etwas mitgenommen.

So vergingen die Stunden und er legte sich ebenfalls schlafen.

Allerdings nahm er mit dem Gästezimmer vorlieb.

Isabella schlief einen Tag am Stück durch und war nicht wach zu bekommen.

Er ließ sie gewähren.

Massimo machte sich im Lokal nützlich. Er besorgte die Stehtische, entfernte die Äste und Büsche für den neuen Biergarten und setzte die Pfosten fürs Dach. Nur beim Falten der Servietten warf er das Handtuch.

Ich wachte auf und so langsam kam die Erinnerung zurück. Vorsichtig setzte ich mich hoch und sah mich um. Wieso lag ich wieder einmal in Massimos Zimmer. Ich duschte und machte mich dann auf den Weg in die Küche.

Maria begrüßte mich.

Auf Nachfrage, was mit mir geschehen war, bekam ich Auskunft.

„Isabella, du hast einen Tag durchgeschlafen. Wie geht es dir jetzt?"

„Danke, ich muss unbedingt zurück. Riccardo kommt heute mit meiner Weinlieferung und außerdem muss ich noch einiges für die Verkostung bereitstellen. Wo ist Massimo?"

„Hier! Wie geht es dir meine Hübsche? Du musst dich um nichts mehr kümmern, außer um das Falten der Servietten. Dies habe ich leider nicht hinbekommen und das Handtuch geworfen. Alles andere haben wir für dich bereits vorbereitet und ich habe dir Riccardo mitgebracht. Er kam vor einer Stunde an", ertönte es hinter mir.

Ich drehte mich um und schon stürmte Riccardo auf mich zu und drückte mich an sich.

„Hallo Isabella, wie geht es dir? Liebe Grüße von Luigi und Cosima. Du sollst sie einmal besuchen. Hier sind die versprochenen Flaschen für Massimo. Der Rest wird nachgeliefert."

„Danke, Riccardo!"

Er stellte zehn 6er-Pack auf den Tisch.

Ich suchte Blickkontakt zu Massimo, der uns beide mehr als verhalten musterte. Mir warf er giftige Blicke zu und ich musste grinsen.

War er etwa eifersüchtig?

Gerade als wir aufbrechen wollten, erschien Mariella und machte Massimo eine Szene.

Als sie jedoch Riccardo erblickte änderte sie schnell ihr Verhalten.

Ich grinste in mich hinein und dachte mir, dass sie wieder einmal Witterung nach etwas Frischfleisch aufgenommen hatte.

Sie war und blieb eine Bitch.

Ich verabschiedete mich eilig von Massimo und bat Riccardo mich ins Lokal zu fahren.

„Heute um neunzehn Uhr ist Verkostung und ihr seid alle eingeladen. Ich freue mich schon. Bis später!"

Ich stieg ins Auto.

Riccardo lachte plötzlich und ich sah ihn von der Seite an.

„Principessa, du hast einen Verehrer! Massimo! Er hätte mich am liebsten mit Blicken getötet, als ich dich umarmte! Er versucht sich dir anzunähern und weiß nur noch nicht wie!"

„Glaub ich kaum! Mariella ist seine Favoritin und sie versüßt ihm seine Nächte! Massimo denkt wohl ich bin etwas doof und habe nichts bemerkt. Außerdem weiß ich nicht, ob ich nach all den Vorkommnissen, wieder für die Männerwelt bereit bin!"

„Teste es einfach aus, Isabella! Du hast nichts in dieser Art und Weise zu verlieren! Ich glaube kaum, dass Massimo an ihr Interesse hat. Um Mariella kümmere ich mich! Sie lässt sich sicher von mir flach legen! Ich hatte schon lange keinen Sex mehr! Zu mehr taugt sie eh nicht!"

„Riccardo!"

Lachend half er mir aus dem Auto.

Aldo hatte das Essen schon vorbereitet und ich dankte für die Hilfe des Küchenteams.

„Für dich tun wir alles, Principessa", bekam ich zur Antwort.

Riccardo zwinkerte mir zu und half mir dann noch etwas bei der Herstellung der Servietten.

Kurz vor achtzehn Uhr tauchte plötzlich Mariella mit Massimo und einigen Kartons Wein aus ihrer Winzerei auf, die sie auf den Stehtischen verteilte.

Fragend schaute ich beide an.

„Was soll das, Mariella? Du hast Hausverbot! Geht das nicht in dein Spatzenhirn? Verschwinde! Massimo und du kannst gleich mitgehen! Ich sagte es dir bereits!"

Ich war sichtlich aufgebracht.

Mariella weigerte sich strikt meiner Anweisung Folge zu leisten.

„Mariella muss ich erst die Carabinieri rufen?", fragte ich.

Riccardo mischte sich ein, versuchte mich so gut es ging zu beruhigen und winkte mich zur Seite.

„Isabella! Nicht! Lass sie einfach! Sie wird sich höllisch blamieren. Es ist bekannt, dass die Weine ihrer Familie weniger als mittelmäßig sind. Konkurrenz belebt das

Geschäft. Die Gäste werden entscheiden."

Ich überlegte.

„Eigentlich hast du Recht, Riccardo! Soll sie sich doch blamieren!"

Ich wandte mich an Mariella.

„Du kannst bleiben! Bedank dich bei Riccardo, der ein gutes Wort für dich eingelegt hat. Lassen wir die Gäste entscheiden!"

Mariella lachte triumphierend.

„Ich habe jetzt schon gewonnen, Isabella!"

„Denk doch was du willst! Sechs Stehtische sind zur Verfügung. Drei für mich und drei für dich. Möge der bessere Wein gewinnen."

Gegen neunzehn Uhr kamen die ersten Gäste, vorbei, speisten, verkosteten die Weine und Mariella verlor haushoch.

Wütend gab sie mir die Schuld dafür.

Ich ignorierte ihren Einwurf und Massimo versuchte zu schlichten.

„Was haltet ihr davon, wenn wir bei mir noch eine kleine Mitternachtsparty feiern? Es ist erst kurz nach zweiundzwanzig Uhr. Die Gäste sind alle weg und die Nacht ist noch jung!"

Mariella war sofort hellauf begeistert und hakte sich bei Riccardo unter, der vor sich hingrinste.

„Isabella, was ist mit dir?", fragte mich Massimo.

„Eigentlich wollte ich schlafen gehen!"

„Mein Gott, Isabella! Du hast jetzt einen Tag am Stück geschlafen. Die Ausrede gilt nicht. Also?"

Ich nickte nur und machte mich mit ihnen auf den Weg zurück ins Schloss.

Massimo holte Getränke aus dem Kühlschrank.

„Poolparty? Wer kommt mit?"

Mariella war die erste die nach draußen verschwand und

Massimo knipste die Außenbeleuchtung ein.

Riccardo verschwand ebenfalls.

„Was ist, Principessa? Kommst du?", fragte Massimo.

„Ja, ich muss nur noch schnell ins Bad. Geh schon vor."

Er nickte und folgte den anderen.

Ich eilte ins Gästezimmer, zog mich aus und meinen Bikini an. So wie ich Mariella kannte, war sie wieder auf Nacktbaden aus. Ich hatte jedoch keine Absicht, mich Riccardo so zu zeigen. Es gab einfach Grenzen.

Und so war es dann auch.

Alle drei waren nackt und saßen am Poolrand. Ich vermied Riccardo anzusehen.

Als mich Massimo sah, fing er an zu spötteln.

„Nun zieh dich schon aus, Bella. Warum so prüde und zugeknöpft!. Ich weiß, wie du nackt aussiehst. Isabella, wenn ich dich im Evaskostüm sehe, stehe ich in lodernden Flammen! Hoffentlich kann ich mich etwas zügeln. Sollte es doch zum äußersten kommen, habe ich vorgesorgt. Nicht, dass dieses große Zittern wie vor Monaten erneut beginnt! Und erklär mir endlich, warum du dich so eigenartig verhältst!"

Ich blickte ihn lange an, bevor ich eine Antwort gab.

„Massimo, dann geh in den Pool! Das Wasser wird deine Flammen löschen! Ein erneutes Zittern, wird es für uns beide nicht geben! Jetzt lass mich in Ruhe! Ich gehe schlafen und wünsche euch zu dritt noch viel Vergnügen!"

Mariella drehte sich zu mir und lachte.

„Das werde ich sicher haben mit den beiden Jungs!"

Riccardo hatte unseren Wortwechsel mitbekommen und schaute mich durchdringend an.

Mir kamen die Tränen, ich verschwand, zog mir meinen Jogginganzug an und verzog mich aufs Sofa in den Wintergarten.

Riccardo hatte genug gehört und auch bemerkt, dass Isabella in Tränen ausgebrochen war.

Ihm reichte es und er bat Massimo um ein Gespräch unter vier Augen.

Dieser nickte.

Riccardo wandte sich an Mariella.

„Würdest du bitte in meinem Gästezimmer auf mich warten? Ich habe etwas mit Massimo zu bereden und es ist nicht für deine Ohren bestimmt!"

Sie lachte, stand auf und ging ins Schloss zurück.

Massimo blickte Riccardo erwartungsvoll an.

Dieser legte auch sofort los.

„Wie stehst du eigentlich zu Isabella? Liebst du sie oder ist sie nur ein billiges Spielzeug für dich? Merkst du nicht, wie du sie dauerhaft verletzt? Warum tust du das? Ich erkläre dir jetzt, was mit Isabella vor zwei Monaten bei uns passiert ist! Hätten sich meine Eltern nicht so um sie gekümmert, wäre sie wahrscheinlich nicht mehr am Leben! Also, hör gut zu!"

Riccardo erzählte Massimo, was sich bei ihm auf dem Weingut zugetragen hatte und dieser war danach völlig fix und fertig.

„Principessa war also doch schwanger und hat es mir bewusst verschwiegen!"

„Nicht bewusst, Massimo! Sie wollte es dir nach ihrer Rückkehr erzählen, nur wurde nichts daraus. Sie hat sich so gefreut! Wer hätte gedacht, dass sie es verliert! Keiner!"

Massimo erhob sich vom Beckenrand, streifte sich einen Bademantel über und stürmte ins Zimmer von Isabella.

Dort war sie nicht und auch nicht in seinem.

Mariella stieß mit ihm in der Küche zusammen.

„Hast du Isabella gesehen?", blaffte er sie an.

„Ja, im Wintergarten auf der Couch! Warum? Was ist denn los?"

Er winkte ab, eilte in den Wintergarten, riss Isabella brutal hoch, schüttelte sie und schrie sie an.

Ich war gerade im Land der Träume versunken, als mich jemand brutal hochriss, schüttelte und anbrüllte.

Ich öffnete meine Augen und sah Massimo verwirrt an.

„Autsch! Was zum Teufel tust du da?"

Er zog mich hinter sich her und schubste mich auf einen Stuhl in der Küche.

Wütend brüllte er mich an.

„Du warst also doch schwanger! Warum hast du mich angelogen? Riccardo hat mir gerade alles erzählt! Ich will sofort deine Version hören! Keine Ausflüchte mehr, Bella!"

„Aber ich....".

Weiter kam ich nicht, denn Massimo ließ mich nicht mehr zu Wort kommen.

Er redete sich in Rage, worüber ich lachen musste.

Wütend riss er mich erneut hoch und holte aus.

Wäre Riccardo nicht dazwischen gegangen, hätte er wohl zugeschlagen.

Entsetzt blickte ich ihn an.

Was geschah hier gerade?

Ich bekam voll die Panik, rannte in den Wintergarten, zog meine Schuhe an, schnappte mir meine Tasche und eilte nach draußen.

Nur weg hier!

Ich stolperte ein paar Mal, als ich die Allee zum Tor entlang rannte.

Massimos Securities schauten mir kopfschüttelnd nach und dann stand ich auf der Landstraße.

Ich war fix und fertig und lief heulend weiter.
Mehrere Autos, die ich versuchte anzuhalten fuhren an mir vorbei. Hoffentlich kam Massimo nicht auf die Idee, mir zu folgen.
Endlich hielt ein Auto an und ich hatte noch Glück im Unglück. Es war Paolos Onkel, der ein gut gehendes Taxiunternehmen besaß.
„Principessa, steig ein! Was hast du, um diese Uhrzeit auf der Landstraße zu suchen? Du hast Glück, denn ich bin auf dem Nachhauseweg! Wo ist Massimo? Warum weinst du wie ein Schlosshund?"
„Roberto, ich möchte darüber jetzt nicht reden! Bring mich bitte zu meinem Haus so schnell du fahren kannst! Ich erklär alles später!"
Dieser nickte und brachte mich nachhause.
„Isabella benötigst du irgendetwas?"
Ich schüttelte den Kopf.
„Nein, danke! Du hast etwas bei mir gut. Komm doch nächste Woche mit deiner Familie zum Essen ins Lokal. Ich lade euch ein."
Er nickte, wünschte mir noch eine gute Nacht und fuhr weiter.
Hektisch schloss ich meine Haustür auf und eilte ins Bad, wo ich mich heftig übergab.
Der Schreck von vorhin saß immer noch tief.
Ich nahm mir ein Wasser aus dem Kühlschrank, als es an meiner Haustür klingelte.
„Isabella öffne! Ich weiß, dass du da bist! Wir müssen reden! Jetzt!"
Massimo!
„Verschwinde! Ich will nicht mit dir reden! Nie mehr!"
„Es tut mir leid, Bella! Nun mach schon auf!"
„Nein!"
Ich hörte ihn fluchen und dann verschwand er.

Entnervt legte ich mich auf die Couch, versuchte zu schlafen, um völlig gerädert wieder zu erwachen.
Ich rief Aldo an und erklärte ihm, was vorgefallen war.
„Die nächsten drei Wochen benötige ich komplette Ruhe. Massimo weiß Bescheid, denn Riccardo hat ihn aufgeklärt. Er hat mich gestern an Ty erinnert, als er nach mir ausholte. Ich ziehe in Erwägung, dass Lokal an dich zurückzugeben oder es zu vermieten, da ich vielleicht nach Deutschland zurückkehre. Ich weiß es aber noch nicht mit Sicherheit! Wir reden später! Falls etwas ist, melde dich!"
Aldo wünschte mir eine gute Erholung.
„Bella, hast du genügend Vorräte bei dir zuhause?"
„Ja, Aldo! Keine Angst, ich verhungere nicht! Bis bald! Ach, und noch etwas.....Roberto hat mit seiner Familie in Zukunft Verköstigung umsonst. Er hat mir gestern Nacht geholfen und ich bin ihm dankbar dafür!"
„Geht klar, Bella! Was ist mit Massimo?"
„Den will ich die nächste Zeit nicht sehen! Ich muss über alles nachdenken! Schon der Gedanke, dass er mich schlagen wollte, bringt meine Gefühlswelt für ihn, völlig durcheinander. Vielleicht komme ich heute abends mal kurz vorbei. Falls ich nicht bis zwanzig Uhr erschienen bin, habe ich umdisponiert und Paolo soll mir bitte eine große Tonno bringen."
„Wird gemacht, Bella! Leg dich hin und ruhe dich aus!"
„Werde ich umsetzen. Danke."
Ich nahm mir die Worte von Aldo zu Herzen, schlief tatsächlich noch mal ein und wurde unsanft vom Klopfen und Klingeln an meiner Tür geweckt.
Ich schoss erschrocken hoch, blickte durch den Spion und sah Riccardo mit einem Pizzakarton.
Ich öffnete und da griff bereits Massimo nach mir.
Mit weit aufgerissenen Augen schaute ich ihn an.

Er hatte sich uneinsehbar neben der Tür versteckt.

„Hallo, Bella! Wir müssen reden!", gab er von sich und bugsierte mich ins Wohnzimmer.

Riccardo folgte und legte die Pizza am Tisch ab.

„Du Verräter!", gab ich von mir.

Er grinste nur.

„Massimo, kann ich dich mit Isabella alleine lassen? Du rührst sie nicht an? Versprochen!"

Er nickte.

„Ja, geht klar! Ich werde ruhig bleiben!"

Riccardo nickte mir zu und wollte gehen.

Hilfesuchend schaute ich ihm nach, stand erneut auf und begleitet ihn zur Tür, wo ich seinen Arm ergriff.

Lächelnd schaute er mich an.

„Vertrau ihm, Isabella! Glaub mir, er liebt dich! Gib ihm die Chance!"

Ich schluckte nickend und verabschiedete mich.

Mehr als angespannt setzte ich mich neben Massimo und zuckte zusammen, als er mich ansprach.

„Was ist, meine Schöne? Teilen wir uns die Pizza, bevor sie kalt wird? Ich habe auch noch nichts zu Abend gegessen!"

Nickend nahm ich den Karton vom Tisch und reichte ihn an ihn weiter.

„Teller? Besteck? Eine Flasche von deinem Wein?"

Ich räusperte mich.

„Teller und Besteck unnötig! Flache Wein ist okay und ich benötige kein Glas!"

Er nickte stand auf und holte das Gewünschte.

Ich bedankte mich, er entkorkte sie, trank und drückte sie mir in die Hand.

Zaghaft nahm ich sie entgegen und trank ebenfalls.

Stillschweigend aßen wir die Pizza auf und danach zog mich Massimo in den Arm.

In mir versteifte sich alles und ich wäre am liebsten vor ihm weggerannt.

Er bemerkte meine Anspannung und lockerte seinen Griff.

Ich rutschte von ihm weg.

„Isabella, kannst du mir verzeihen? Es war nicht meine Absicht dich so zu verschrecken! Ich war nur plötzlich so wütend auf dich, da du mir sagtest der Schwangerschaftstest sei negativ und dann war es doch ganz anders."

„Massimo, der erste Test war negativ, bis ich plötzlich mit extremer Morgenübelkeit zu kämpfen hatte. Ich dachte mir fast schon so etwas. Test zwei zeigte dann positiv an. Da ich bald zurückkehren würde, wollte ich dich damit überraschen. Nur kam alles anders. Hättest du mich wirklich geschlagen?"

Massimo schüttelte den Kopf.

„Nein Bella, dafür liebe ich dich zu sehr!"

Ich wurde rot.

„Massi, ich möchte das nicht hören! Wir beide sind wie Feuer und Wasser!"

„Warum denn nicht? Fühlst du nichts für mich?"

„Ich weiß es nicht! Im Moment bin ich mit meinen Gefühlen, voll durch den Wind!"

Massimo strich mir über das Gesicht.

„Dann lass es uns herausfinden! Zeit haben wir genug dafür! Du hast drei Wochen Urlaub! Bleiben wir hier oder kommst du mit zu mir!"

„Egal wie! Ich denke Mariella wird sich dazwischen drängen!"

„Okay, Bella! Ich glaube ich muss da etwas klar stellen. Ich hatte nichts mit Mariella und werde nichts mit ihr anfangen. Allerdings erhofft sie sich seit Jahren etwas anderes. Sie ist nicht mein Typ und auch nicht die hellste Kerze auf der Torte. Also keine Angst! Wir fahren zu mir und meine Securities bekommen von mir Order, dass Mariella nicht willkommen ist! Ich denke, dass ist verhandelbar! Einverstanden? Darf ich heute Nacht hier bleiben? Es kommt wieder ein Gewitter auf! Ich weiß ich bin schamlos, aber ich liebe dich so sehr!"

„Ja und du darfst ausnahmsweise zu mir ins Bett! Aber nur wegen des aufkommenden Gewitters!"

Er lachte und zog mich an sich.

„Spielen wir etwas Schach, Isabella?"

„Wenn du möchtest! Du verlierst eh wieder!"

Die dritte Runde gewann er diesmal nur deshalb, weil draußen bereits ein Gewitter tobte und mich völlig aus dem Gleichgewicht brachte. Ich zog meine Decke an mich und meine Beine hoch und rutschte in die Ecke der Couch.

Bei jedem Donnerschlag zuckte ich zusammen.

Massimo schaute mich an.

„Alles okay, Bella?"

Ich schüttelte den Kopf.

„Nein! Mir ist gerade übel! Ich geh ins Bett! Kommst du mit Massi? Bitte! Das Gewitter gibt mir wieder den Rest!"

„Isabella, ich dachte deine Phobie ist besser geworden. Oder irre ich mich da?"

„Es ist Vollmond und da wird sie jedes Mal stärker. Ich denke, es liegt daran, was mir mit vier Jahren passiert ist, denn da herrschte auch Vollmond. Ich kann mich an Bruchstücke aus dieser Zeit erinnern. Am besten wird sein, ich schlafe heute in meinem Gästezimmer und du in meinem Schlafzimmer."

Fragend schaute er mich an.

„Warum das denn?"

„Ganz einfach, dass Fenster im Gästezimmer besitzt

eine Jalousie und somit kann ich den Raum sehr gut verdunkeln und die Blitze sind nicht erkennbar. Den Donner werde ich verkraften müssen. Da gibt es noch ein kleines Problem. Ich schlafwandle bei Vollmond."

„Bella, muss ich dich jetzt anbinden, damit du mir nicht abhanden kommst und dir nichts passiert?", fragte er lachend.

„Nein! Ich komme nie weiter als bis vor die Haustür, starre wohl den Mond an und gehe dann zurück ins Bett. Also, keine Angst. Ich denke das abgedunkelte Zimmer verhindert es heute."

„Was, wenn nicht?"

„Testen wir es aus und lassen wir es darauf ankommen heute Nacht. Du bist hier und kannst mich aufhalten. Also ich verzieh mich jetzt. Gute Nacht, Massimo!"

Leicht entnervt stand ich auf und er erhob sich auch.

„Warte Bella, ich bring dich ins Gästezimmer! Falls du heute Nacht Schutz benötigst, weißt du wo ich zu finden bin. Guter Ratschlag von mir…heute einmal nicht nackt schlafen, falls du ja wandelst. Wäre doch mehr als peinlich, wenn du nackt erwischt wirst!"

„Idiot!", zischte ich und grinste.

„Ich geh jetzt duschen, Bella!"

„Nicht dein Ernst, Massimo! Bei diesem Unwetter duschen ist gefährlich!"

„Principessa! Mach dich bitte nicht lächerlich! Mich wird schon nicht der Blitz treffen!"

„Ich finde das überhaupt nicht zum Lachen!", gab ich von mir.

Plötzlich griff er nach mir und zog mich fest an sich.

„Was ist, meine Hübsche? Keine Lust dazu? Wir beide ganz nackt und eng zusammen umschlungen unter der Dusche?"

„Ja klar! Da können wir gleich vor die Tür und darauf

warten, dass der Blitz einschlägt. Von was träumst du eigentlich nachts, Massi?"

"Ganz ehrlich, Bella? Von dir!"

"Na, dann träum weiter und hoffe inständig, dass es kein Albtraum wird! Es wird keine Wiederholung in Sachen Sex bei uns geben! Ich geh jetzt schlafen."

Bevor ich mich aus seinen Armen winden konnte, küsste er mich. Mir blieb die Luft weg und ich sträubte mich wie eine Wilde.

Irgendwann ließ er mich los, hob mich hoch und lief mit mir in mein Schlafzimmer.

Vorsichtig legte er mich auf dem Bett ab.

"Was wird das jetzt, Massi? Bitte nicht! Verscherz es dir nicht komplett mit mir!"

"Ach Bella! Ich will nichts von dir! Ich geh jetzt in die Dusche und lass die Tür offen. Falls was ist und du extrem Panik bekommst, bist du schneller bei mir. Bis gleich!"

Ich hörte, wie er die Dusche aufdrehte, stand auf und verschwand wieder ins Gästezimmer.

So ein Spinner....aber ein liebenswerter dachte ich bei mir.

Leicht machte er es mir im Moment wirklich nicht.

Ich wusste nicht, ob ich seine Avancen erwidern sollte. Nach den Vorkommnissen mit Ty, hatte ich den Glauben an die Männer etwas verloren.

Entspannt lehnte ich mich zurück und schien, obwohl es draußen fürchterlich stürmte, eingeschlafen zu sein.

Massimo stieg aus der Dusche, eilte in Bellas Zimmer und fand das Bett leer vor. Grinsend schaute er in ihrem Gästezimmer nach und fand sie dort schlafend.

Behutsam drückte er ihr einen Kuss auf die Stirn. Sie war schon ein heißer Feger und am liebsten hätte er sie

vernascht.
Vielleicht änderte sie doch irgendwann ihre Meinung und schenkte ihm Zuneigung.
Er trocknete sich ab und legte sich ebenfalls schlafen.
Das Gewitter draußen wurde heftiger und als er gerade am einschlafen war, verspürte er plötzlich eine leichte Bewegung neben sich.
Isabella!
Sie kroch zu ihm unter die Decke und klammerte sich zitternd an ihm fest.
Sie war völlig nackt und eiskalt.
Langsam drehte er sich um und blickte sie an.
„Principessa, was tust du da? Dir ist schon klar, dass wir beide völlig unbekleidet sind und bei mir regt sich gerade einiges. Ich weiß nicht, ob ich mich bei dir unter Kontrolle halten kann!"
„Mir egal, Massimo! Ich kenn dich bereits nackt und du hast dich bereits mit mir vergnügt! Reiß dich etwas zusammen und denk an etwas anderes und schon regt sich nichts mehr! Ich sterbe gleich vor Angst! Dieses verfluchte Gewitter!"
Beim nächsten Donnerschlag verkrallte sie sich so extrem in den Brustkorb von Massimo, dass dieser schmerzvoll aufschrie.
„Verdammt, Bella! Bist du wahnsinnig? Willst du mir die Haut abziehen? Komm her, denn ich kann dich anscheinend nur so beruhigen. Halt einfach still und genieße!"
Bevor ich reagieren konnte, zog er mich unter sich und fing an mich zu küssen.
Erst sträubte sich alles in mir, doch dann dachte ich mir…was soll es. Ich hatte eh nichts mehr zu verlieren und so gab ich meine Abwehrstellung auf.
Massimo stutzte kurz, sah mich an und grinste.

„Schon besser, Süße!"

„Halt endlich die Klappe, Massi! Ich könnte mich an die Knutscherei zur Ablenkung gewöhnen!"

„Nur ans küssen oder auch an die nächste Stufe?"

„Welche nächste Stufe? Untersteh dich du Wüstling! Du nutzt wirklich jede Gelegenheit aus! Nimm deine Hand da weg!"

„Du bist dir aber schon bewusst, dass ich im Moment die Kontrolle über dich habe? Wie beim letzten Mal!"

Ich blickte ihn lange an.

„Ihr Kerle seid euch alle gleich! Du bist auch nicht besser als Ty und du hast gar nichts! Schon gar keine Kontrolle über mich!"

Wütend schlug ich nach ihm und stand auf.

Er zog mich zurück und an sich.

„Wo willst du hin, Principessa?"

„Zurück ins Gästezimmer! Lass mich los!"

„Und wenn nicht?"

„Teste es aus und dann weißt du es! So leicht, wie beim letzten Mal, wirst du es diesmal nicht haben! Beim letzten Mal war ich betrunken und diesmal bin ich nüchtern! Ich hatte sowieso nichts davon!"

„Nun, dass können wir sofort ändern! Kein Problem! Wo willst du liegen? Oben oder unten, Bella?

„Wenn dann schon oben! Ich halte gerne die Zügel in der Hand!"

„Na, dann gib mir mal die Sporen, Principessa!"

„Massimo, du wirst es bereuen, dass schwör ich dir! Du willst es nicht anders!"

Bevor er reagieren konnte, saß ich bereits über ihm.

„Verdammt, Isabella! Du überraschst mich!"

Ich grinste ihn frech an.

„Selbst schuld Massi, wenn du deine Flagge schon im Vorfeld hisst! Jetzt gibt es wohl kein Vorspiel mehr!"

Er lachte.

„Eher ein Nachspiel, wenn du möchtest! Wie war das doch gleich? Es wird keine Wiederholung in Sachen Sex mit mir geben! Wie Frau sich doch manchmal irren kann. Verdammt, du Teufelin! Du machst mich gerade wahnsinnig!"

Ich heizte ihm so richtig ein.

Stöhnend verkrallte er sich in meinen Oberarmen und dann rollte er sich mit mir zur Seite.

„Stellungswechsel, Bella! Jetzt bin ich am Zug und zeige dir, wo es lang geht. Ich hoffe du hältst einiges aus."

Massimo bescherte mir einige Höhepunkte.

Ich kam gar nicht mehr zum Zug, um wieder die Oberhand zu bekommen.

Irgendwann konnte ich nicht mehr und flehte, dass er es beendete.

„Ich kann nicht mehr!", gab ich keuchend von mir.

Massimo küsste mich und zog sich aus mir zurück.

„Ich danke dir, Bella und hoffe, du hattest diesmal etwas davon."

„Mehr als genügend! Ich möchte nur noch schlafen!"

Schweißgebadet drehte ich mich zur Seite und war kurz darauf vor Erschöpfung eingeschlafen.

Massimo beugte sich über Isabella, grinste, stand auf und verschwand erneut ins Bad unter die Dusche.

Sie war wirklich eine Granate im Bett. Er kam sich vor, als wenn er von einem Vampir ausgesaugt worden war.

Als er sich einseifte, brannte sein Brustkorb wie Feuer.

Isabella hatte, als sie auf ihm saß, vor Lust seine ganze Vorderseite zerkratzt.

Schnell spülte er alles ab, stieg aus der Dusche und rieb sich trocken.

Als er ins Schlafzimmer eilte, lag Isabella nicht mehr in

ihrem Bett.

Suchend schaut er sich um und bemerkte die offene Haustür.

Er ahnte, was passiert war.

Sie stand wahrhaftig, splitterfasernackt davor und schaute mit weit aufgerissenen Augen den Mond an. Leise lachte er auf.

Fehlte nur noch, dass sie diesen wie ein Wolf anheulte. Es schüttete wie aus Eimern. Sie war patschnass und aus ihren Haaren tropfte das Regenwasser und lief an ihrem Körper herunter.

Sie zitterte leicht.

Damit sie nicht erschrak, hob er sie vorsichtig hoch, trug sie in ihr Bett und holte aus dem Badezimmer ein riesiges Handtuch, um sie behutsam abzutrocknen.

Sie war immer noch völlig weggetreten und schnurrte und räkelte sich wie ein Kätzchen bei dieser Aktion.

Kurz darauf legte er sich an ihre Seite, zog sie ganz nah an sich und versuchte einzuschlafen, was ihm schwer gelang.

Isabella hatte das geschafft, was noch nie einer Frau bei ihm geglückt war....er hatte sich unsterblich in sie verknallt. Sie war wirklich etwas Besonderes und er hoffte, dass sie seine Zuneigung erwiderte.

Völlig verpeilt wachte ich auf und musste mehrmals niesen. Außerdem war mir kalt, mein Hals schmerzte und ich hatte tierische Kopfschmerzen.

Ich setzte mich im Bett auf und schon stand Massimo neben mir.

„Guten Morgen, Principessa! Wie geht es dir? Du bist mir heute Nacht tatsächlich ausgebüchst und standest völlig nass vor der Haustür. Hat nur noch gefehlt, dass du den Mond angeheult und dich verwandelt hättest.

Wie sieht es mit Frühstück aus?"
Ich räusperte mich.
„Mir geht es gar nicht gut. Ich glaube ich habe mir heute
Nacht eine Erkältung geholt. Mir tut alles weh, mir ist
schwindlig und ich werde das Bett heute nicht
verlassen. Lass mich einfach in Ruhe."
Massimo beugte sich zu mir und fühlt meine Stirn.
„Bella du glühst! Ich hol dir gleich etwas Kühles zum
Trinken und bleibe wohl besser bei dir. Oder möchtest
du trotzdem mit zu mir?"
„Du kannst bleiben, Massi! Nur rühr mich nicht an! Ich
habe von heute Nacht noch genug. Mein Gott, ist mir
das peinlich! Dieses verfluchte Gewitter! Wie konnte
ich mich nur so gehen lassen? Keine Angst ich verhüte.
Zumindest kann da nichts mehr passieren."
„War es denn für dich nicht schön? Ich habe es erneut
genossen, Bella."
„Lass uns später darüber reden, mir tut der Hals weh.
Was sind das für Kratzer auf deinem Brustkorb? War
ich das etwa?"
Er nickte.
„Ja, du warst so in deinem Element. Völlig entrückt!"
Ich schlug die Hände vors Gesicht und schämte mich
fast zu Tode.
„Mein Gott, dass ist mir noch nie passiert! Schmerzt es
sehr? Entschuldige!"
Stöhnend legte ich mich zurück.
„Kein Problem, Bella! Rutsch ein Stück, ich lege mich
zu dir. Ich würde vorschlagen, wenn es dir besser geht,
dass du mit zu mir fährst. Ist das okay für dich?"
Ich nickte.
„Sobald es mir besser geht, komme ich mit zu dir!"
Massimo legte seine Arme um mich.
Ich seufzte, kuschelte mich näher an ihn und schlief

nochmals ein. Gegen Abend wachte ich mit extremen Kopfschmerzen und Schüttelfrost wieder auf.

Massimo schaute mich besorgt an.

„Isabella, du kommst jetzt mit zu mir. Ich packe dich warm ein und bringe dich ins Auto. Keine Widerrede! Es ist besser, wenn sich jemand rund um die Uhr, um dich kümmert. Maria hat schon alles vorbereitet. Du schläfst in meinem Schlafzimmer und ich in deinem Gästezimmer. So habe ich dich unter Kontrolle, falls du wieder schlafwandelst. Die nächsten Tage soll es in der Nacht Gewitter geben."

Ich nickte nur und dann fuhren wir los.

Massimo umsorgte mich die nächsten Tage und wenn ich vor Gliederschmerzen heulte, tröstete er mich.

In den Gewitternächten legte er sich zu mir und hielt mich fest.

Über eine Woche hielt mich die Erkältung in Schach und dann ging es wieder aufwärts.

Ich war zwar noch etwas zittrig auf den Beinen, aber zum Frühstück in die Küche schaffte ich es dennoch.

Maria blickt mich erschrocken an.

„Mein Gott, bist du abgemagert Isabella! Geht es dir wieder besser? Setz dich, ich bringe dir Frühstück."

„Wo ist Massimo? Ich bin froh, dass er mich hierher gebracht hat."

„Ich bin hier, meine Schöne! Wie geht es dir?"

Langsam drehte ich mich zu ihm.

Er hatte wieder seine Runden im Pool gedreht und trug wie immer, nur ein Badetuch um seine Hüften.

Sein Anblick ließ mich innerlich aufstöhnen.

„Danke, ich denke es geht aufwärts!"

Er eilte auf mich zu, drückte mir einen Kuss auf die Wange und setzte sich zu mir.

„Ich danke dir vielmals, dass du dich um mich so gut

gekümmert hast. Wie soll ich das je gut machen."
Er grinste mich über den Tisch an.
„Ich wüsste schon wie, Bella!"
„Massimo, du bist unmöglich!", gab ich von mir und
wurde rot.
„Isabella, falls du dich besser fühlst, wäre etwas frische
Luft und Sonne gut für dich. Wenn du möchtest, lege
ich mich mit dir später an den Pool."
„Gerne! Kann ja nie schaden."
Das Frühstück verlief mehr als harmonisch und dann
stand Massimo auf, um für mich draußen eine dieser
Sonnenliegen vorzubereiten.
Ich wandte mich an Maria.
„Wer hat mich eigentlich, während meiner Krankheit
umgezogen? Ich war doch sicherlich verschwitzt."
„Isabella, darum hat sich Massimo gekümmert. Er hat
dich nach den Fieberattacken ausgezogen, gebadet, dass
Bett frisch überzogen und dich eingekleidet. Du warst
einige Male richtig weggetreten. Er hat dich liebevoll
umsorgt und gepflegt. Nicht einmal ich, durfte dich
anrühren."
Ich schlug die Hände vor mein Gesicht.
„Ohhhh mein Gott! Wie peinlich ist das denn! Am
liebsten würde ich im Erdboden versinken vor Scham!
Wie konnte er nur!"
„Es ist doch nichts passiert, Isabella! Ich habe so das
Gefühl, dass Massimo sich in dich verliebt hat. Nur
würde er das nie freiwillig zugeben. Seit du hier bist, hat
er sich zum Positiven gewandelt. Nonna ist das auch
schon aufgefallen. Du scheinst ihm mehr als gut zu tun.
Aus dem Filou wird langsam ein mehr als
pflichtbewusster Mensch."
Massimo erschien und unser Gespräch verstummte.
„So Bella, wenn du dann ein paar Sonnenstrahlen für

dich einfangen möchtest, ist alles vorbereitet. Ich hole dir noch ein leichtes Laken zum Zudecken, nicht das du dich wieder erkältest. Es weht trotzdem ein laues Lüftchen."

„Danke Massimo, ich bin gleich fertig mit frühstücken und komm dann mit nach draußen.

Nachdem er mit dem Laken zurück war, hob er Isabella hoch und trug sie zum Pool.

Vorsichtig legte er sie auf die Liege und deckte sie zu.

„Ich bin sofort wieder bei dir! Was möchtest du trinken, Bella!"

„Irgendetwas! Ich danke dir Massimo. Du verwöhnst mich. Maria hat mir erzählt, dass du mich während meiner Krankheit gepflegt hast."

„Für dich tu ich fast alles, Principessa. Wenn du etwas möchtest, ich stehe zur Verfügung."

„Egal was, Massimo?"

„Ja, egal was du dir wünscht!"

„Gut, ich nehme dich beim Wort! Na, dann hätte ich gerne ein Gläschen Sekt, um meinen Kreislauf wieder in Schwung zu bringen."

„Dein Wunsch sei mir Befehl!"

Massimo verschwand, war in Sekundenschnelle wieder da und drückte mir ein Glas Sekt in die Hand.

„Ist das alles, Massimo?

„Für den Anfang reicht es erstmal, Bella!"

„Spaßbremse!"

Er lachte.

„Ich werde für dich am Wochenende eine kleine Feier zu deiner Genesung organisieren. Was hältst du denn davon? Du hattest schon lange keinen Spaß mehr! Ich werde alle einladen, die du bereits kennst."

„Alles klar, Massi! Du meinst wohl eher du hattest schon lange keinen Spaß mehr. Mach was du denkst!"

Massimo legte sich auf den Liegestuhl neben mir und hielt meine Hand. Irgendwann schlief ich ein und er weckte mich zum Abendessen.

„Isabella, hast du Lust auf eine Runde Schach nach dem Essen?"

Ich nickte.

Natürlich verlor Massimo nach Strich und Faden und fluchte vor sich hin.

„Du bist einfach zu unkonzentriert, Massimo!"

Er schaute mich durchdringend an.

„Ist doch kein Wunder, bei deinem halbnackten Anblick. Du solltest dich etwas zugeknöpfter kleiden."

„Ja klar, nur weil du das Spiel nicht beherrschst und verlierst, bin ich schuld. Möchtest du einen Kaffee?"

Er nickte und ich verschwand in die Küche.

Ich schenkte gerade den Kaffee ein, als mir jemand auf die Schulter tippte. Erschrocken zuckte ich zusammen, drehte mich um und prallte dabei auf Massimo. Der heiße Kaffee schwappte mir über die Arme und ich schrie schmerzerfüllt auf. Massimo zog mich Richtung Spüle und hielt meine Arme unter das kalte Wasser.

„Entschuldige Bella, dass wollte ich nicht! Halt jetzt einfach nur still. Das kalte Wasser wird die Schmerzen etwas lindern. Geht es dir gut? Du bist kreidebleich!"

Ich musste trotz Schmerzen lachen.

„Bella, warum lachst du?"

„Massimo, ich musste gerade an die Szene denken, als ich die Äste für das Café entfernte. Mich hat wohl das Karma ereilt und zurückgeschlagen. Man sollte einfach keine unkontrollierten Bewegungen machen!"

„Du und dein Humor! Geht es wieder?"

Ich nickte zog meine Arme zurück und tupfte sie mehr als vorsichtig ab.

Massimo hatte inzwischen einige Eiswürfel in eine

Plastiktüte gepackt und reichte sie mir.

„Hier! Kühle damit deine Verletzung. Kommst du wieder mit in den Wintergarten? Was hältst du davon, wenn wir uns einen Film zusammen angucken? Du darfst entscheiden, was du sehen möchtest."

„Gute Idee! Du sorgst für die Getränke und ich suche inzwischen einen Film aus."

Massimo lachte, hob mich hoch, setzte mich auf dem Sofa ab, verschwand in die Küche und kam mit Sekt zurück.

„Und? Hast du gewählt?"

„Ja, mir ist nach Zombie!"

„Okay, meine Schöne!"

Entspannt lehnte ich mich zurück und Massimo setzte sich neben mich. Ich schenkte mir ein Glas Sekt ein und prostete ihm zu.

„Trink langsam Isabella, du bist noch recht schwach, sonst hast du gleich einen Schwips. Falls dir nach Schutz während dieses Films ist, rutsch ruhig näher."

Ich lachte.

„Vergiss es! Ich bin auf Horror geeicht und mich wirft so ein Filmchen nicht so leicht aus der Bahn."

„Abwarten Bella, abwarten!"

Nach zehn Minuten zuckte ich mehrmals zusammen, denn dieser Film hatte es in sich.

Ich verschluckte mich heftig an meinem Getränk und Massimo klopfte mir dauerhaft auf den Rücken. Grinsend schaute er mich an.

„Nun komm schon Bella, rutsch näher zu mir. Ich sehe doch, dass dir der Film nahe geht. Du zuckst nur zusammen. Soviel zu geeicht!"

Ich nickte und lehnte mich an ihn.

Massimo nahm eine der Stoffdecken von der Couch und legte sie um uns beide.

Nach dem vierten Glas Sekt hatte ich einen kleinen Schwips und bleierne Müdigkeit überfiel mich.
Ich schloss meine Augen.

Massimo grinste in sich hinein. Soviel dazu, dass Bella keine Probleme damit hatte Horrorfilme zu sehen. Sie zuckte dauerhaft zusammen und trank unkontrolliert ihren Sekt. Nach dem vierten Glas war sie mehr als beschwipst und klammerte sich an ihm fest.
Kurz darauf war sie eingeschlafen.
Er hob sie vorsichtig hoch, brachte sie diesmal ins Gästezimmer, legte sie ab und deckte sie zu.
Nachdem er den Fernseh ausgestellt hatte, machte er sich auf den Weg in sein Zimmer und versuchte zu schlafen.
Mitten in der Nacht gab es wieder eines dieser heftigen Gewitter.
Massimo war davon aufgewacht. Er stand auf, um sich aus der Küche eine Flasche Wasser zu holen.
Isabella lag schlafend in ihrem Bett, was ihn eigentlich sehr verwunderte. Sonst wachte sie doch immer bei so einem Gewitter auf und flüchtete sich zu ihm.
Anscheinend hatte sie zu viel Alkohol intus und schlief deshalb weiter.
Er nahm noch eine Flasche für Isabella mit und stellte sie ihr auf den Nachttisch.
Bevor er in sein Schlafzimmer verschwand, drückte er ihr noch einen Kuss auf die Stirn. Sie brummelte etwas vor sich hin, seufzte und drehte sich zur Seite.
Der Sturm wurde immer stärker und diesmal fand selbst er keinen Schlaf.
Er schnappte sich ein Buch und fing an zu lesen.
Keine zehn Minuten später stürmte Isabella in sein Zimmer.

Sie stand vor seinem Bett, war völlig aufgelöst und zitterte am ganzen Körper.

„Massimo, kann ich hier bleiben? Der Sturm!"

„Klar, meine Hübsche! Hüpf rein!"

Sie ließ sich das nicht zweimal sagen und schlüpfte zu im unter die Decke. Massimo erschrak, denn sie war wieder einmal eiskalt. Er zog sie zu sich und legte seine Arme um sie.

„Hast du immer noch ein Problem mit Gewitter? Du bist wieder eiskalt. Lass dich wärmen und schlaf noch etwas. Ich wecke dich zum Frühstück."

Nur blieb es nicht, bei nur schlafen.

Die Umstände dieses heftigen Gewitters trieben mich wieder in seine Arme und so kam es, wie es kommen musste ... ich schlief wieder mit ihm.

Massimo genoss den Umstand, dass sich Isabella ihm, während der aufkommenden Gewitter hingab. Von ihm aus, konnte es jede Nacht diese Unwetter geben.

Er bekam einfach nicht genug von ihr und in besagten Nächten, war sie mehr als anschmiegsam.

Mittlerweile war sie etwas Besonderes für ihn und sein Beschützerinstinkt machte sich bemerkbar. Er hatte einiges gutzumachen.

Isabella war inzwischen eingeschlafen und wälzte sich unruhig hin und her. Sie hatte wohl wieder Albträume. Er studierte sie eine zeitlang und versuchte dann auch noch etwas zu schlafen.

Die restlichen Tage vergingen ohne Vorkommnisse.

Bis zum Wochenende war sie wieder fit und Massimo organisierte seine Feier.

Mariella war auch wieder mit am Start. Sie hatte sich Stefano aus der Gruppe gekrallt und somit konnte man sie nicht von der Feier ausschließen. Mir war das gar nicht recht. Sie schmierte sich schon den ganzen Abend an Massimo herum und füllte ihn auch heftig mit Alkohol ab.

Gegen zweiundzwanzig Uhr, waren dann sämtliche Getränkevorräte zur Neige gegangen und Stefano und ich versprachen frische zu holen. Wir waren als einzige noch nüchtern, um mit dem Auto zu fahren.

Zusammen fuhren wir in mein Lokal, holten neuen Vorrat und beeilten uns mit der Rückfahrt.

„Leute, es ist wieder Nachschub da! Wir kühlen die Flaschen und ihr könnt sie euch holen!"

Wir brachten die Getränke in die Küche, stellten sie in den Kühlschrank und dann machten wir uns auf die Suche nach Massimo und Mariella. Im Außenbereich bei den anderen waren sie nicht.

Mir kam ein fürchterlicher Verdacht.

Mariella hatte Massimo den ganzen Abend abgefüllt und ganz in Beschlag genommen.

Ich informierte Stefano und dieser lachte nur.

„Isabella, übertreibst du jetzt nicht ein wenig?"

„Stefano, du wirst sehen, dass ich recht habe! Kommst du mit? Bitte!"

Er nickte und dann öffnete ich leise und vorsichtig die Tür zu meinem Gästezimmer.

Ich erstarrte anhand der Szene, die sich mir bot.

Massimo und Mariella vergnügten sich in meinem Bett.

Ich hatte es zwar geahnt, aber nicht gehofft.

Nach Halt suchend griff ich nach Stefanos Arm.

Ich verkrallte mich regelrecht darin und blickte ihn an.

Er war genauso geschockt wie ich, zog mich zurück in Richtung Küche und bugsierte mich auf einen Stuhl.

Ich stützte meinen Kopf in meine Hände und fing an zu heulen.

Stefano setzte sich neben mich und nahm mich in den Arm.

Es dauerte eine Zeit, bis ich mich beruhigte und dann stand ich auf.

„Stefano würdest du mich bitte nachhause fahren? Der Abend ist für mich gelaufen. Ich muss hier weg!"

„Kein Problem, Isabella! Mein Bedarf ist auch gedeckt. Ich hätte das nie für möglich gehalten, was Mariella da abzieht!"

„Sie versucht es schon seit ewigen Zeiten, Massimo ins Bett zu bekommen. Aldo hat mir erzählt, dass sie vor einigen Jahren ein Verhältnis hatten. Ich denke eher, sie haben es immer noch. Heute ist es ihr wohl endlich gelungen, wenn auch mit fiesen Mitteln, ihn erneut ins Bett zu ziehen! Bitte bring mich weg, bevor ich etwas tue, was ich später bereuen müsste!"

Stefano nickte und dann fuhren wir los.

Ich heulte mir auf den Rückweg die Augen wund und fasste einen Entschluss.

Stefano brachte mich noch bis zur Haustür.

„Isabella, wenn du etwas benötigst, dann melde dich bei mir! Mach bitte keine Dummheiten in deiner Verzweiflung. Massimo werde ich morgen tüchtig den Kopf waschen und ich werde die Beziehung zu Mariella beenden! Sie ist eben doch eine Schlampe. Ich wurde vorgewarnt und wollte nicht hören. So wie es aussieht, hat sie schon alle Kerle aus der Qlique durch. Das haben wir beide nicht verdient! Schlaf gut und denk immer daran…andere Mütter haben auch schöne Söhne!"

Ich nickte, verschwand in mein Haus und packte einen meiner Koffer.

Bertolini hatte vor einige Wochen endlich meinen Halbbruder gefunden. Zwischenzeitlich hatte er mich kontaktiert und zu sich eingeladen. Er lebte in Korea und hatte wie ich ein kleines Restaurant.

Ich versuchte ihn über Skype zu erreichen und hatte Glück. Kurz war erzählt, um was es ging und er freute sich, dass ich morgen bereits erschien.

„Ich freue mich, wenn du kommst. Du wolltest doch sowieso eine Reise durch Asien machen, um die kulinarische Gastronomie kennen zu lernen."

„Danke Enrico, ich freue mich auf dich! Wir sehen uns morgen!"

Ich verabschiedete mich und organisierte mir noch schnell ein Flugticket.

Aldo hinterließ ich ein Schreiben, dass ich in einem halben Jahr wieder vor Ort sein würde. Er sollte sich um das Lokal kümmern, bis ich wieder auftauchte. Ich würde ihn in den nächsten Tagen kontaktieren.

Den Brief würde ich ihm morgen früh auf dem Weg zum Flughafen in den Briefkasten werfen.

Ich zog mich aus, legte mich schlafen und heulte die ganze Nacht durch.

Stunden später war ich auf dem Weg nach Korea.

Enrico holte mich vom Flughafen ab und brachte mich in seine Wohnung, die über seinem Lokal lag.

„Isabella du siehst schlecht aus. Was ist passiert! Ich bin nicht ganz klug aus deinen Erzählungen geworden. Du legst dich jetzt etwas hin und wir bereden alles später ausführlich, wenn du wieder fit bist."

Ich nickte, dankte ihm und haute mich noch mal aufs Ohr.

Gegen Abend wachte ich auf und suchte ihn in seinem Lokal auf.

Ich wurde herzlich von seinen Angestellten begrüßt und wir feierten bis spät in die Nacht hinein.

Den nächsten Tag nahm Enrico sich frei und widmete

sich ganz mir.

Wir tauschten unsere Kindheit aus und ich erfuhr, dass er bei seinem richtigen Vater aufgewachsen war. Meine Mutter war, bevor sie damals meinen Vater kennen lernte, mit einem anderen Mann liiert und bereits schwanger gewesen. Als sie sich trennte, um Dad zu heiraten, erkannte dieser Enrico als sein eigenes Kind an. Enrico hatte bis vor einigen Wochen nicht gewusst, dass er noch eine Halbschwester hatte und war überglücklich.

Während unseres Gespräches meldete sich mein Handy.

Massimo versuchte mich zu erreichen.

Ich drückte ihn gnadenlos weg.

Er war jetzt der Letzte, mit dem ich reden wollte.

Während ich bei Enrico weilte, half ich ihm in seinem kleinen Lokal aus und lernte sogar ein paar Brocken koreanisch.

Ich blieb noch drei Wochen bei Enrico und machte mich dann auf den Weg zu meiner Gourmetreise.

Auf dem Rückweg würde ich nochmals bei ihm Halt machen.

Zwischenzeitlich hatte ich mich bei Aldo über Skype gemeldet und Bericht erstattet, dass ich mich in Asien befand und noch nicht wusste, wann ich zurückkam.

Dieser informierte mich, dass es Massimo nach seinem Ausrutscher mit Mariella gar nicht gut ging.

„Aldo, dass ist mir völlig egal! Massimo kann tun und lassen, was er will, denn wir sind nicht liiert! Er hat das gewählt, was er wollte und es auch bekommen. Damit muss er jetzt leben."

„Isabella ich hoffe es geht dir gut, da wo du jetzt bist! Pass auf dich auf!"

„Mach ich, Aldo! Ich bin bei meinem Halbbruder in

Korea und habe viel Spaß."
„Ich weiß, denn Berlotini hat es mir erzählt. Hast du ihn endlich gefunden? Es freut mich für dich, denn es war nur eine Frage der Zeit. Berlotini erklärte mir, da er jetzt aufgetaucht und älter ist als du, dass er Anrecht auf das Schloss hat. Also geht das Spiel von vorne los. Massimo weiß noch gar nichts von seinem Glück und ich werde meinen Mund halten. Er hat eine kleine Lektion verdient."
„Vielleicht kommt Enrico für ein paar Monate mit mir zurück. Ich schreibe gerade an einem Kochbuch über die heimischen Gerichte der verschiedenen Bezirke und habe vor, diese im Lokal anzubieten. Er wird mir eine große Hilfe dabei sein, sie zuzubereiten, denn es ist ja Neuland für mich. Bitte bewahre darüber noch Stillschweigen."
„Geht klar, Isabella! Ich schweige wie ein Grab und freue mich auf deine Rückkehr. Hier läuft alles super, also mach dir keine Gedanken. Wir haben alles im Griff."
„Ich habe auch nichts anderes erwartet. Danke für eure Unterstützung. Grüß mir Pepe und Paolo. Bis bald!"
„Gute Reise, Isabella und bleib gesund!"
Ich trennte unser Gespräch.
Meine Rundreise durch Korea begann.
Ich sammelte viele Eindrücke und Erkenntnisse über dieses Land und dann war ich bereit für die Rückreise nach Italien.
Enrico übergab seinem Personal die Führung auf eine unbestimmte Zeit und begleitete mich. Ich war mehr als glücklich, endlich eine vertraute Person an meiner Seite zu haben, die auch meine Sorgen mit mir teilte. Und so flogen wir mit viel Info im Gepäck, zurück.

Ich hatte keinem Bescheid gegeben, dass ich wieder in Italien war und tauchte Tage später in meinem Lokal auf. Mein Team begrüßte mich und freute sich auch meinen Halbbruder kennen zu lernen.

„Isabella, schön dich gesund und munter zu sehen! So und das ist also Enrico! Ich grüße dich mein Freund, du bist hier herzlich willkommen!"

Enrico bedankte sich und ich klärte Aldo auf, dass er erstmal bei mir im Gästezimmer schlafen würde. Ich bat ihn um stillschweigen gegenüber Massimo.

Trotz allem hatte ich diesen Mistkerl vermisst.

Tage später wurde ich mit ihm konfrontiert.

Einer seiner Freunde hatte einen Tisch reserviert, um seinen Geburtstag nachzufeiern. Gegen zwanzig Uhr traf dieser mit seinen Gästen ein.

Ich stand gerade mit Enrico dicht an dicht und strich ihm über sein Gesicht, um etwas Mehl zu entfernen, als Massimo in die Küche stürmte.

„Hallo Aldo, ich....."

Als ich seine Stimme hörte, zuckte ich zusammen und rückte näher zu Enrico.

Massimo verstummte, als er mich erblickte und starrte mich sekundenlang stillschweigend an, bevor er seine Sprache wieder fand.

„Isabella? Seid wann bist du wieder hier? Wer ist der Kerl, an dem du dich so klammerst? Ich glaube wir beide müssen dringend reden!"

„Hallo, Massimo! Ich glaube nicht, dass wir beide etwas miteinander zu besprechen hätten. Darf ich dir Enrico vorstellen, dem ich auf meiner Reise begegnete und der mir Asien zu Füßen legte."

Massimo giftete Enrico an.

„Anscheinend hat er dir nicht nur Korea zu Füßen gelegt, sondern sich auch gleich mit!"

Ich lachte.

„Das kann dir doch völlig egal sein, Massimo! Wie geht es Mariella? Ist sie schon bei dir eingezogen?"

Massimo zuckte merklich zusammen.

Mein Seitenhieb hatte wohl gesessen.

Er machte ein paar Schritte auf mich zu und Enrico stellte sich schützend vor mich.

„Was!?", gab er in Massimos Richtung ab.

Dieser wurde krebsrot im Gesicht.

„Freundchen, wir beide sprechen uns noch!", gab er wütend von sich und verschwand.

„Ich freu mich schon darauf!", brüllte Enrico ihm nach und drehte sich lachend zu mir.

„Schneid hat dein Exlover ja, dass muss ihm der Neid lassen. Anscheinend empfindet er noch einiges für dich, Isabella! Kitzeln wir ihm das doch heraus! Er denkt wohl, ich bin dein neuer Freund. Lass uns doch ein Spielchen mit ihm spielen. Nur eine Frage. Liebst du ihn noch?"

Ich nickte.

„Zu meiner Schande muss ich gestehen.…Ja!"

„Okay, Isabella! Ich hol ihn dir zurück, also lass mich nur machen!"

Aldo grinste vor sich hin und mischte sich ein.

„Enrico, der richtige Stress wird erst noch losgehen. Du hast als ältester ein Anrecht auf die Hälfte des Schlosses, in dem Massimo mit seiner Nonna lebt."

„Ich weiß! Isabella hat mich schon eingeweiht! Ich will und brauche das nicht! Aber wir könnten es für unseren Streich nutzen!"

Nachdenklich schaute ich Enrico an.

„Bitte übertreib es nicht zu arg. Ich möchte nicht, dass euch etwas passiert."

„Keine Angst, ich werde darauf achten!"

Enrico drückte mir gerade einen Kuss auf die Stirn, als Massimo nochmals die Küche betrat.

Er gab einen zischenden Laut von sich.

„Bemüht sich hier vielleicht mal jemand, die Getränke in Angriff zu nehmen?"

Ich räusperte mich.

„Bin sofort bei euch! Sorry!", gab ich von mir.

Massimo verschwand und Enrico lachte.

„Autsch, dass hat wohl gesessen! Lasst uns das Spiel beginnen!"

Ich beeilte mich, um die Bestellung aufzunehmen und wurde von Stefano herzlich begrüßt.

Er sprang auf, eilte auf mich zu und drückte mich an sich.

„Hallo, Bella! Schön, dass du wieder hier bist! Du warst so plötzlich verschwunden. Gut siehst du aus."

„Ja und sie hat sich gleich ein zweibeiniges Mitbringsel in den Koffer gepackt. Es werkelt gerade in der Küche herum", gab Massimo sarkastisch von sich.

Stefano grinste.

„Wäre schön, wenn du ihn uns vorstellst!"

„Mache ich gerne! Später nach dem Essen!"

Alle nickten und dann erblickte ich am Ende des Tisches Mariella, die mich verhalten musterte.

So wie es aussah, hatte Massi sie abserviert.

Aber Vorsicht ist die Mutter der Porzellankiste.

Es war weit nach Geschäftsschluss, als ich mich mit Enrico in den Gastraum bemühte.

Wir feierten privat noch etwas weiter und ich stellte allen Enrico vor.

Er wurde herzlich aufgenommen.

Besonders von Mariella!

Dieses Miststück rechnete sich anscheinend wieder alle Chancen zu ihren Gunsten aus und warf sich ihm an den Hals.

Zum Glück hatte ich Enrico vorgewarnt. Er zwinkerte mir zu.

„Wenn ich du wäre, würde ich auf ihn gut aufpassen, sonst bist du ihn schneller los, als du gucken kannst!", warf mir Massimo entgegen.

„Nun, dass kann dir egal sein! Ich weiß, du meinst es gut, da du aus Erfahrung sprichst! Halt dich bitte aus meinem Privatleben raus, Massimo! Es geht dich in keiner Weise etwas an! Du hattest deine Chance."

„Bella, wir haben noch etwas zu bereden und ich möchte es gerne bereinigen! Würdest du mit mir in den Garten gehen, um es zu besprechen? Bitte!"

Ich überlegte.

„Gut, du sollst deine Aussprache bekommen! Ich sage nur noch Enrico Bescheid."

Ich winkte ihm zu und erklärte, wo er mich finden konnte.

Er nickte.

„Pass auf dich auf und ich werde ein Auge auf euch beide haben."

Ich stellte mich auf die Zehenspitzen, drückte ihm einen Kuss auf die Wange und wurde regelrecht von Massimo von ihm weggerissen.

Ich sah Enrico nur noch mit den Augen zwinkern und dann hatte mich Massimo bereits voll in Beschlag.

Er zog mich in den Garten, drückte mich auf einen der Stühle und setzte sich daneben.

„Isabella, warum bist du in jener bewussten Nacht verschwunden? Nur weil ich im betrunkenem Zustand mit Mariella geschlafen habe?"

Ich blickte ihn schräg von der Seite an.

„Sag mal Massimo, ich glaube du spinnst! Du vögelst mit einer anderen in dem Bett, was ich vorher mit dir geteilt habe und fragst noch warum? Stefano und ich waren völlig fertig, als wir euch erwischten. Mir war es allerdings bereits klar, da Mariella dich abgefüllt hatte, um mit dir ins Bett zu steigen. Irgendwie hatte ich es erwartet und du bist voll auf den Zug aufgesprungen." „Du hast dich anscheinend auch gleich getröstet! Wo hast du den Typen aufgegabelt? Wo schläft er? Ich scheint euch ja sehr gut zu verstehen!"

„Ja Massimo, es herrscht zwischen uns eine richtige Geschwisterliebe! Bist du etwa eifersüchtig? Es steht dir keineswegs zu, denn wir waren nicht liiert! Er schläft im Gästezimmer, aber das geht dich nichts an! Hör auf, mir irgendwelche Schuldgefühle einreden zu wollen! Ich denke unser Gespräch ist hiermit beendet und die Fronten sind nun geklärt!"

Ich stand auf und wollte zurück ins Lokal, als mich Massimo ausbremste, zu sich zog und versuchte mich zu küssen. Ich sträubte mich und als alles nichts half, versetzte ich ihm eine Ohrfeige und schubste ihn weg.

Es gab ein kleines Gerangel, da er nicht aufgab und in dem Moment eilte Enrico mir zu Hilfe.

Er packte Massimo im Genick und zog ihn von mir weg.

„Was zum Teufel verstehst du Mistkerl nicht an einem Nein! Nimm die Finger von ihr!"

Bevor ich mich versah, prügelten sich beide Kerle.

Ich eilte ins Lokal, bat um Hilfe und endlich konnten beide Kontrahenten voneinander getrennt werden.

Enrico blutete heftig aus der Nase und Massimo hatte eine aufgeplatzte Augenbraue.

Entnervt bugsierte ich beide in die Küche, um eine neue Schlägerei zu verhindern.

Aldo holte die Erste-Hilfe-Box und ich verarzte beide.

Urplötzlich wurde ich wütend und schrie beide an.

„So, ihr Volltrottel! Bevor hier alles eskaliert und es noch mehr Verletzte gibt, gebe ich eine Erklärung ab! Diese ist vorrangig für dich bestimmt, Massimo! Darf ich dir meinen Halbbruder Enrico vorstellen! Er ist nicht mein Lover, wie du vermutest! Ich sagte doch vorhin im Gespräch auf deine Nachfrage, dass wir uns gut verstehen....*wie bei einer richtigen Geschwisterliebe.* Du warst zu wütend, um es zu verstehen! Ein anderer hätte nachgehakt, wie das gemeint ist! Massimo, du wirst noch Post vom Notar bekommen und ich denke du weißt warum! Ihr Idioten solltet euch gründlich aussprechen und alles klären! Ich halte mich da raus, denn meine Nerven spielen da nicht mehr mit! Mein Gott, komme ich denn nicht zur Ruhe! Ich habe schon tierische Kopfschmerzen! Enrico ich gehe jetzt nachhause! Du hast ja die Schlüssel, um ins Haus zu gelangen. Tschüss, bis morgen."

Massimo blickte mich nur sprachlos an.

Ich stand auf, ging und heulte auf dem Nachhauseweg wie ein Schlosshund vor mich hin.

Man hatte nur Stress mit den Kerlen.

Mir platzte bald der Schädel und ich versuchte zur Ruhe zu kommen. Irgendwann schlief ich ein.

Allerdings wachte ich mit pochendem Schädel wieder auf und war völlig neben der Spur.

Ich stand auf, duschte, zog mich an und machte mich auf den Weg in die Küche.

Auf halbem Weg kam mir Enrico entgegen....nackt.

Ich brach in Gelächter aus und er schaute mich mehr als verständnislos an.

„Was hast du, Isabella?"

„Könntest du dir bitte etwas anziehen? Ich werde sonst noch blind!"

„Holla, ich bin dein Bruder!"

„Ja, aber erst seit kurzem und trotzdem ein Mann!"
„Nicht dein Ernst, Bella!", gab er grinsend von sich.
„Gib mir Zeit, mich daran zu gewöhnen!"
„Du solltest dich wieder Massimo annähern!"
„Blödmann! Was willst du zum Frühstück?"
„Dasselbe wie du! Morgen bin ich dran! Ich geh jetzt duschen!"
Ich verschwand in die Küche und bereitete das Frühstück zu, als es an der Haustür klingelte.
Ich öffnete und Massimo stand vor mir.
Erschrocken wich ich zurück.
„Was willst du?"
„Mich bei dir entschuldigen! Darf ich reinkommen?"
Ich nickte und trat zur Seite.
„Komm in die Küche! Hast du schon gefrühstückt?"
„Nein, Bella!"
„Dann sieh das als Einladung an."
Ich deckte gerade den Tisch, als Enrico erschien und mich fragend anblickte.
„Massi macht mit uns Frühstück. Er hat sich bei mir entschuldigt."
„Na dann! Ich muss sowieso mit ihm etwas bereden!"
Enrico fragte Massimo, ob dieser schon ein Schreiben vom Notar erhalten hatte. Massimo nickte und fragte, wie es jetzt weitergehen sollte. Enrico erklärte ihm, dass er den halben Anteil am Schloss nicht haben und alles beim Alten bleiben sollte, bis auf eines. Er hätte als Ersatz gerne dieses halbverwitterte Gebäude samt dem See, um dort ein kleines Bed- and Breakfast zu eröffnen. Massimo war einverstanden und sie wollten alles bei Bertolini schriftlich absichern. Enrico würde die Kosten für eine Zufahrt und Abgrenzung zu Massimos privatem Grundstück zahlen.
Nächste Woche sollte bereits die Umgestaltung

beginnen. Ich blickte beide mehr als erstaunt an.
So schnell wurde aus zwei Kontrahenten....Freunde.
Enrico wandte sich an mich.
„Ich hoffe du hilfst mir beim Design, denn da ist eine weibliche Hand gefragt."
„Enrico, ich weiß nicht so recht! Ich habe mehr als negative Erinnerungen an dieses Gebäude und du bringst mich gerade irgendwie in Zugzwang."
„Ich weiß um deine Bedenken und was damals passiert ist. Vielleicht kannst du so deine Phobie abbauen!"
Ich schaute zu Massimo.
„Ich habe es nicht von ihm, Bella! Berlotini hat mir die Geschichte erzählt! Ich setze dich auch nicht unter Druck! Sag mir einfach Bescheid, ob und wann du dazu bereit bist!", erklärte Enrico.
Ich nickte nur und beendete mein Frühstück, denn mir war es regelrecht vergangen.
Meine Vergangenheit holte mich wieder ein.
Ich warf einen verzweifelten Blick auf Massimo und stand auf.
Er erhob sich ebenfalls und zog mich an sich.
„Ich helfe dir dabei Isabella, wenn du möchtest."
Ich nickte nur und schob ihn von mir.
„Okay Massi, du wirst deine Chance erhalten. Enrico ich werde dir helfen und hoffe ihr fangt mich auf, wenn ich plötzlich ins bodenlose falle. Es wird nicht leicht werden."
„Wir werden es bewältigen, Isabella! Zusammen! Wir sollten nach dem Frühstück ins Lokal. Ich habe schon einiges vorbereitet für ein koreanisches Essen. Lass es uns einfach austesten, ob es Anklang bei den Leuten findet. Massimo, kümmerst du dich inzwischen um das Baumaterial auf dem Grundstück? Ich beantrage später die Baugenehmigungen."

„Geht klar, Enrico. Bis später"

Massimo ging und Enrico zog mich in seine Arme.

„Es wird alles wieder gut, Bella. Der Anfang zwischen dir und Massimo ist gemacht."

„Enrico, ich traue Mariella nicht über den Weg! Sie wird sicher ein mieses Spiel wagen und wenn sie dann auch noch herausfindet, dass du mein Halbbruder bist, versucht sie über dich erneut an Massimo zu kommen. Ich weiß nicht, ob ich dann ruhig bleiben kann!"

„Ich werde ihr eine Lektion erteilen. Sie ist einfach nur eine billige Schlampe und ich denke Massimo wird nicht nochmals auf sie anspringen!"

Ich lachte.

„Abwarten Enrico! Abwarten!"

Die nächsten Wochen plätscherten ohne besondere Vorkommnisse so dahin.

Das Angebot koreanisches Essen auf den Tisch zu bringen, wurde von den Gästen angenommen, besonders von den asiatischen Urlaubern. Mein Lokal boomte.

Enrico verschwand kurz für ein Wochenende, um nach seinem eigenen Lokal in Korea zu sehen.

So nebenbei erfuhr ich, dass er noch eine kleine aber gut laufende Hotelkette besaß.

Irgendwie waren wir uns ähnlich.

Seine Baupläne waren inzwischen genehmigt worden und so konnte der Umbau für das Bed- and Breakfast in Angriff genommen werden.

Ich hatte die Innenausstattung übernommen und eine mehr als gemütliche Atmosphäre geschaffen.

Nun kam der Außenbereich dran.

Enrico und Massimo kümmerten sich darum und wir schliefen in den Gästezimmern, um nicht täglich hin und her fahren zu müssen.

Mariella hatte dies wohl spitz bekommen und tauchte täglich mit irgendwelchen fadenscheinigen Ausreden vor Ort auf.

Sie vergnügte sich nackt im Pool und stellte lasziv ihren Körper zur Schau.

Enrico grinste vor sich hin und Massimo sah man an, dass dies gar nicht in sein Konzept passte.

Ich ahnte fürchterliches.

Tage später war wieder Vollmond und es gab in der Nacht ein fürchterliches Gewitter.

Enrico teilte sich mit mir eines der Gästezimmer.

Ich schlief im Bett und er auf der Couch.

Massimo nutzte das andere Zimmer, was ich nicht ganz verstand, denn er hatte es nicht weit bis zum Schloss.

Vielleicht wollt er auch nur in meiner Nähe sein.

Ich versuchte zu schlafen, was mir nicht gelang.

Verzweifelt wandte ich mich an Enrico.

„Könnten wir die Schlafplätze tauschen? Würdest du mit Massimo wechseln? Hol ihn bitte, denn er ist der Einzige, der mich bei diesem Unwetter zu beruhigen weiß."

„Wird es so schlimm?"

„Ja!"

„Gut, ich hole ihn!"

Enrico stand auf, eilte zu Massimo und kam mit ihm zurück.

„Bella? Ist mit dir alles in Ordnung? Ich bleibe heute Nacht bei dir!"

Ich nickte nur und verschwand in mein Bett.

Enrico grinste, wünschte uns eine gute Nacht und verzog sich ins andere Zimmer.

Massimo legte sich zu mir und zog mich fest in seine Arme.

„Kannst du mir irgendwann verzeihen Isabella? Bleib bei mir und halt es noch ein bisschen mit mir aus! Ich weiß, dass ich einen Fehler gemacht habe! Zwischen uns ist es etwas Besonderes und ich möchte dich nicht verlieren. Ich muss in Sachen Gefühlswelt noch so einiges lernen."

„Lass uns später darüber reden. Jetzt halt mich nur einfach fest und hilf mir, dass Gewitter und den Vollmond zu überstehen. Ich bin völlig ausgepowert von diesem Tag. Was wollte eigentlich Mariella schon wieder hier?"

„Sie ist hinter Enrico her!", gab er lachend von sich.

„Dieses Miststück lässt doch keinen Typen aus. Noch weiß sie nicht, dass er mein Halbbruder ist!"

Ein greller Blitz und ein heftig nachfolgender Donner ließen mich wieder einmal in Panik ausbrechen.

Ich schrie auf und krallte mich an Massimo fest.

Wie immer beruhigte er mich auf seine Art und kurz danach schien ich eingeschlafen zu sein.

Massimo deckte Isabella gut zu und hoffte, dass sie in der Nacht nicht wieder schlafwandeln würde.

Er hatte heute im Laufe des Tages, ohne dass es Bella mitbekam, ein längeres Gespräch mit Enrico geführt und erklärt, was in solchen Nächten mit ihr geschah.

Enrico hatte nur gelacht und gemeint, dass sie sich also nur mit Sex beruhigen ließ. Nur gab ihm das Schlafwandeln auch zu denken.

„Massimo, dann hast du ja die besten Chancen ihr wieder etwas näher zu kommen! Der Wetterbericht hat starke Gewitter angesagt. Pass gut auf sie auf, nicht dass sich die ganze Geschichte wie damals wiederholt, und sie vor Panik in den See stürzt. Sie versucht etwas aufzuarbeiten!"

Dieser nickte.

„Ich verspreche dir, gut auf sie aufzupassen!", gab er von sich.

Nur schlug dieses Versprechen fehl.

Massimo war durch die Außenarbeiten am Häuschen fix und fertig und schlief tief und fest, als er von einem fürchterlichen Schrei wach wurde.

Isabella lag nicht mehr neben ihm.

Er schoss hoch, eilte nach draußen und blickte sich suchend nach ihr um.

Nichts!

Wo war sie?

Enrico schien ebenfalls den Schrei gehört zu haben, denn er stand plötzlich neben ihm.

„Massimo, wo ist Isabella?"

„Keine Ahnung! Ich bin von einem Schrei erwacht und sie lag nicht mehr neben mir."

Erneut hörten sie jemand aus Richtung See rufen.

Beide Männer blickten sich kurz an und stürmten los.

Massimo sah gerade noch, wie Isabella versank und sprang hinterher.

Es bedurfte drei Anläufe, bis er sie irgendwo am Grund des Sees zu fassen bekam.

Völlig außer Puste, zog er sie mit Hilfe von Enrico aus dem Wasser.

Isabella rührte sich nicht und Massimo bekam die volle Panik.

Er schüttelte sie und schrie sie an.

Nichts!

Enrico kam ihm zu Hilfe.

„Rutsch mal ein Stück zur Seite! Zum Glück habe ich erst meinen Erste-Hilfe-Kurs aufgefrischt. Hier hilft nur noch Mund- zu Mundbeatmung. Bete zu Gott, dass sie aufwacht."

Enrico tat alles, um Isabella zu retten.

Nach endlosen Minuten schnappte sie nach Luft und gab jede Menge Wasser von sich.

Massimo atmete erleichtert auf, entriss sie Enrico und drückte sie an sich.

„Bella, was tust du wieder? Mein Gott, hast du mir einen Schrecken eingejagt! Enrico bitte hilf mir, sie ins Schloss zu bringen. Hier bleibt sie auf keinen Fall mehr."

Enrico nickte und half Massimo, um sie unversehrt ins Gästezimmer zu schaffen.

„Massimo, sie muss sofort aus den nassen Kleidern! Ich denke, dass übernimmst du am besten! Ich koche ihr einen heißen Tee!", gab er grinsend von sich.

Dieser nickte, eilte ins Bad, um einige Handtücher zu holen und zog sie behutsam aus.

Vorsichtig rieb er sie trocken und deckte sie gut zu.

Kurze Zeit später erschien Enrico mit dem Tee und stellte ihn auf dem Nachtisch ab.

„Eine Frage Massimo! Ist das schon einmal passiert?"

„Nein! Sie stand bisher in Vollmondnächten nur vor der Tür und blickte ihn an! Die Vergangenheit scheint sie eingeholt zu haben und ließ sie so reagieren. Mal ganz ehrlich, ich habe schon die ganze Zeit darauf gewartet, dass dies passiert. Sie verfällt dann in eine Art Starre und funktioniert nur wie eine Marionette. Wäre es nicht besser, wenn wir sie schnellstens in ein Krankenhaus bringen?"

Enrico schüttelte den Kopf und fühlte ihren Puls.

„Nicht nötig! Warten wir ab, wie sie reagiert, wenn sie aufwacht! Lassen wir sie schlafen und wir sollten das auch tun. Ich nehme eines der anderen Gästezimmer hier in Beschlag, wenn es dir recht ist!"

Massimo nickte und wünschte noch eine Gute Nacht.

Isabella hatte ihm einen heftigen Schock mit ihrer

Aktion versetzt.

Er legte sich zu ihr und versuchte weiterzuschlafen.

Die Nacht verlief für alle Beteiligten ruhig.

Ich fror und schoss hoch. Sofort kehrte die Erinnerung von gestern Nacht zurück und ich konnte mich diesmal komischerweise an alles erinnern.

Massimo und Enrico schienen mich gerettet und ins Schloss verbracht zu haben.

Ich hatte tierischen Hunger, stand auf, wickelte eines der Laken um mich und verschwand in die Küche, wo ich auf Maria traf.

„Guten Morgen, Isabella! Geht es dir gut?"

Ich nickte.

„Sicher hat dich Massimo schon informiert, was heute Nacht geschehen ist! Ich bin dem Teufel gerade noch so von der Schippe gehüpft. Wo sind die beiden Kerle? Wieder im Pool?"

„Ja, Isabella! Sie erscheinen gleich zum Frühstück! Setz dich schon mal und fang an. Kaffee? Tee?"

„Egal! Schenk einfach ein!"

Ich beschmierte mir gerade zwei Brötchen, als beide erschienen.

Enrico stürmte auf mich zu und drückte mir einen Kuss auf die Wange. Massimo blieb auf Abstand und schaute mich nur an.

„Meine Nerven, Schwesterlein! Du hast uns heute Nacht einen höllischen Schrecken eingejagt. Kannst du dich noch an etwas erinnern?"

Ich nickte.

„Ja und diesmal an alles, was passiert ist. Danke, dass ihr mir mein Leben gerettet habt."

„Die Ehre gebührt hauptsächlich Massimo, Isabella!

Wenn er nicht so schnell reagiert hätte, würdest du am Grund des Sees liegen. Er ist zwar nicht so tief, aber du wärst definitiv ertrunken."

Ich stand auf zog Massimo an mich und küsste ihn.

„Danke!", gab ich von mir.

„Kein Thema, Bella! Ich würde es immer wieder tun!"

„Was würdest du immer wieder tun?", erklang eine Stimme hinter uns.

Mariella erschien und mischte sich in das Gespräch. Massimo blickte in ihre Richtung und dann reagierte er ziemlich heftig.

„Verflucht noch mal! Was suchst du schon wieder am frühen Morgen hier? Hast du nichts anderes zu tun? Du wirst langsam lästig, Mariella! Welchen von uns beiden willst du flach legen? Enrico? Mich? Oder uns beide? Zuzutrauen ist es dir! So ein flotter Dreier, wäre doch sicher nach deinem Geschmack! Was mich betrifft, vergiss es einfach! Ich habe einmal den Fehler gemacht. Ein zweites Mal passiert mir das nicht."

Mariella guckte ihn irritiert an.

„Soll das etwa heißen, du bist jetzt mit Isabella wieder zusammen? Ich denke sie ist mit Enrico liiert?"

„Du und denken? Wäre ja mal ganz was Neues! Was wir dir schon längst sagen wollten ist.....Enrico ist Isabellas Halbbruder und nicht ihr Freund! Also hör auf damit uns untereinander ausspielen zu wollen! Ich habe mich für Isabella entschieden. Ach, und noch etwas...hör auf hier nackt vor uns rumzutänzeln, denn es wirkt nicht mehr und so sexy bist du auch nicht!"

Mariella schnappte nach Luft, machte auf dem Absatz kehrt und verschwand.

Enrico lachte und klatschte in die Hände.

„Wow, Massimo! So viel Courage hätte ich dir gar nicht zugetraut. Das hat wohl gesessen. Jetzt wird sie sich voll und ganz auf mich konzentrieren. Kann ja noch lustig werden."

„Ja, so ist sie nun mal!", gab Massimo von sich.

„Die gibt keine Ruhe, ihr werdet es sehen und gerade du Massimo wirst ihr verfallen. Deshalb möchte ich auch keine Beziehung mit dir. Zumindest im Moment nicht."

Er drehte sich zu mir.

„Ach so, Isabella! Nur war ich gestern Nacht wieder gut genug, um dich bei diesem Wetter zu beruhigen."

Ich starrte ihn fassungslos an und wurde wütend.

„Verdammt! Ich bat dich nur um Schutz und nicht darum, dass du mit mir schläfst! Also mach mir keine Vorwürfe! Sicher hattest du erneut Spaß dabei!"

Enrico blickte uns kopfschüttelnd an.

„Hört doch einfach auf zu streiten! Es bringt doch in diesem Moment nichts."

Ich schaute ihn an.

„Du hast recht, Enrico! Ich halte dieses ewige hin und her einfach nicht mehr aus. Deshalb fahre ich jetzt in mein Haus zurück. Die Inneneinrichtung haben wir erfolgreich abgeschlossen und ich werde nicht mehr von euch benötigt. Massimo und du entscheide dich, was du möchtest! So geht das nicht weiter. Bis später! Ihr wisst wo ich zu finden bin."

Massimo eilte mir hinterher.

„Bella, so warte doch! Ich bringe dich nachhause. Du bist ohne Auto hier. Sei vernünftig."

Ich drehte mich zu ihm.

„Nein, Massimo! Ich rufe ein Taxi, denn ich möchte nicht den Eindruck bei dir erwecken, dass ich dich nur ausnutze! Ich bekomme diese Woche ein eigenes Auto und bin auch somit unabhängig!"

„Du hast dir ein Auto gekauft? Einfach so? Davon hast

du mir allerdings nichts erzählt!"

Ich lachte.

„Warum sollte ich es an die große Glocke hängen? Ich denke, ich bin alt genug, um solche Entscheidungen selbst treffen zu können. Massimo, du bist nicht mein Vormund."

Entnervt forderte ich ein Taxi an.

Was bildete Massimo sich eigentlich ein.

Nur weil er mit mir geschlafen hatte, gab es ihm noch lange nicht das Recht, mich zu gängeln.

Mein Taxi erschien, ich stieg ein und nannte mein Ziel.

Zuhause angekommen bereitete ich mir einen extra starken Kaffee zu und machte es mir gemütlich.

Dieses ewige hin und her mit Massimo raubte mir den Verstand. Am meisten belastete es mich, dass er mir ständig vorwarf, ihn nur auszunutzen. Ich hatte in letzter Zeit einfach nur Pech mit meinen Beziehungen und kam zu dem Schluss, dass es wohl besser für mich sei, alleine zu bleiben.

Zwei Stunden später meldete sich Enrico über Handy bei mir.

„Isabella, wir benötigen deine Hilfe. Das Dach muss neu eingedeckt werden und du müsstest uns dabei zur Hand gehen. Könntest du morgen nochmals kommen, um uns bei der Entgegennahme der Ziegel auf dem Dach zu helfen?"

Ich musste lachen.

„Enrico, ihr verlangt tatsächlich, dass ich für euch auf dem Dach herumturne? Geht's noch? Wer von euch beiden Idioten, kam auf diese blödsinnige Idee? Sicher Massimo! Sag ihm, er soll seine Mariella darum bitten, denn ich bin nicht dazu bereit!"

Ich hörte Enrico am anderen Ende schnaufen.

„Bella, bitte! Tu es für mich!"

Verdammt! Was nun?

Ich schluckte und überlegte kurz.

„Okay, Brüderlein! Ich tu es nur für dich! Du kannst ja für die Unstimmigkeiten zwischen Massimo und mir nichts! Wann soll ich erscheinen?"

„So gegen zehn Uhr? Ist das okay für dich?"

„Geht klar!"

„Danke, Bella! Hab dich lieb!"

„Blödmann! Bis morgen!"

Lachend drückte ich ihn weg und seufzte.

Eine neue Konfrontation zwischen Massimo und mir stand bevor.

Pünktlich gegen zehn Uhr traf ich am Anwesen von Massimo ein.

Enrico wartete bereits auf mich und klärte mich genau darüber auf, was ich zu tun hatte.

„Habe ich das richtig verstanden? Du lädst also ab und reichst die Dachziegel an Massimo weiter. Dieser wirft sie mir einzeln zu und ich lege sie auf dem Dach ab. Na, dann hoffen wir mal, dass ich nicht von diesem falle."

Enrico lachte.

„Das schaffst du schon, Bella! Es ist ja nicht so steil!"

„Und wer hält inzwischen die Leiter, während ich da nach oben steige? Ich habe keine Lust mit dieser von der Dachkante zu kippen! Der Untergrund ist recht uneben!"

„Ich, Bella!", ertönte Massimos Stimme hinter uns.

Ich blickte ihn durchdringend an.

„Na, schönen Dank auch! Unfall vorprogrammiert! Kann ich mich überhaupt auf dich verlassen oder sind deine Augen wieder woanders?"

„Warum fragst du?"

„Dreh dich mal um, denn das Unglück naht!"

Beide Männer folgten meinem Rat.

Enrico lachte und Massimo fluchte.

Mariella war im Anmarsch.

„Hallo, Leutchen!", flötete sie von weitem.

Massimo fauchte sie barsch an.

„Was suchst du hier? Ich habe dich nicht eingeladen!"

„Massimo, ich wollte mich entschuldigen! Kannst du mir verzeihen? Ich würde euch gerne helfen!"

Er überlegte und nickte.

„Gut, wir können jede Hand gebrauchen!"

Enrico blickte mich an und grinste.

„Na super! Chaos und Ärger vorprogrammiert! Ich denke mal, dann werde ich hier nicht mehr benötigt und kann gehen! Das kommt mir sogar gelegen, denn ich muss mein neues Auto abholen", gab ich laut von mir.

Massimo hielt mich am Arm zurück.

„Isabella du bleibst, wie besprochen! Ich brauche dich auf dem Dach! Mariella und du kannst Enrico helfen. Jetzt lasst uns anfangen und Waffenstillstand halten."

Massimo stellte die Leiter an die Dachrinne und hielt sie fest, während ich nach oben stieg. Ich hatte bereits die Hälfte geschafft, als ich einen Schrei hinter mir vernahm. Ich drehte mich vorsichtig um und blickte nach unten.

Mariella veranstaltete einen Riesenaufstand, weil sie sich einen ihrer bescheuerten Kunstnägel abgebrochen hatte.

Enrico bog sich vor Lachen und Massimo reichte es wohl entgültig.

Er griff in seine Hosentasche, zog einen Geldschein heraus und eilte auf Mariella zu.

Er drückte ihn in ihre Hand und verwies sie erneut des Grundstückes.

Wütend stapfte sie davon.

Ich machte eine dumme Bewegung und im gleichen Augenblick rutschte die Leiter mit mir vom Dachrand weg und kippte.

Aufschreiend stürzte ich in die Tiefe und schlug hart mit dem Rücken und Kopf auf.

Mir blieb kurz die Luft weg und dann wurde mir schwarz vor Augen.

Massimo reichte es jetzt mit Mariella. Er holt einen Geldschein aus seiner Hosentasche und eilte wütend auf sie zu.

„Verflucht, Mariella! So bist du keine Hilfe! Kümmere dich um die Instandhaltung deiner Nägel. Hier und jetzt geh! Dein Gezicke nervt einfach!"

Wütend stapfte sie davon.

Im gleichen Moment ertönte ein Schrei hinter ihm.

Er hatte Isabella vergessen und sah nur noch, wie sie zu Boden stürzte und hart aufschlug.

Schnell rannte er auf sie zu und traf gleichzeitig mit Enrico bei ihr ein.

Als er sie hochheben wollte brüllte ihn dieser an.

„Nicht anfassen, Massimo! Nach diesem Sturz könnte sie sich ernsthaft verletzt haben. Ruf bitte einen Krankenwagen und erkläre den Sachverhalt."

Dieser nickte und keine halbe Stunde später erschien dieser.

Man untersuchte Isabella noch vor Ort, stabilisierte sie und legte ihr zum Schutz eine Halskrause an.

Beide Männer fuhren mit ins Krankenhaus.

Während Enrico alles Nötige ausfüllte, wurde Massimo vor der Station ausgebremst.

Man schob Isabella in den Untersuchungsraum, um ein CT von ihr anzufertigen, denn sie wachte nicht aus der Bewusstlosigkeit auf.

Er hoffte nur, dass sie keine inneren Verletzungen davon getragen hatte und machte sich die schlimmsten Vorwürfe.

Kurze Zeit später gesellte sich Enrico zu ihm und sie mussten noch fast zwei Stunden warten, bis der Arzt endlich eine Diagnose abgab.

„Senorita Dandolo hatte noch mal Glück im Unglück. Sie hat eine Gehirnerschütterung und im rechten Bein einen Muskelfaserriss. Sonst ist alles okay bei ihr. Sie bleibt heute Nacht trotzdem zur Beobachtung hier. Sie hat das Bewusstsein wieder erlangt. Ach, und ich soll ihnen beiden ausrichten, dass sie sich auf etwas gefasst machen können, wenn sie hier raus kommt."

Massimo stöhnte erleichtert auf.

„Typisch Isabella", gab Enrico lachend von sich.

Beide bedankten sich beim Doc und fuhren zurück.

Während der Rückfahrt lud Massimo Enrico auf einen Umdruck in Isabellas Lokal ein.

Massimo machte sich erhebliche Vorwürfe, weil er das Vertrauen von Isabella erneut missbraucht hatte.

Er besoff sich regelrecht und war so hackedicht, dass er nicht mehr selbstständig nachhause fahren konnte.

Enrico machte kurzen Prozess, hakte ihn unter und nahm ihn mit zu Bellas Haus.

„Wir übernachten beide heute hier und du schläfst deinen Rausch aus. Morgen besuchen wir Isabella."

Massimo nickte und dann brach es aus ihm heraus.

„Verdammt, Enrico! Heute habe ich erneut Isabellas Leben aufs Spiel gesetzt! Sie hatte mir vertraut, dass ich die Leiter halten würde und ich habe versagt! Mir ist heute klar geworden, dass ich sie liebe! Nur habe ich es mir wohl entgültig mit ihr verscherzt, denn ich gab einer anderen wieder den Vorzug. Ich bin so ein Idiot!"

Enrico klopfte ihm auf die Schulter.

„Ich widerspreche dir nicht! Du bist wirklich ein Idiot und es wird schwierig werden, dass du Isabella wieder für dich gewinnst. Geh es langsam an und ich werde ein gutes Wort für dich einlegen. Jetzt lass uns noch ein paar Stunden schlafen."

Massimo nickte und verschwand ins Gästezimmer.

Mit heftigen Kopfschmerzen wachte ich auf.

Verstört blickte ich mich um und dann fiel mir ein, was geschehen war.

Ich lag wohl im Krankenhaus.

„Willkommen zurück, Principessa Dandolo! Ich bin ihr zuständiger Arzt. Wie geht es ihnen?"

Ich schaute in Richtung, aus der die Stimme kam.

„Ich habe tierisches Schädelweh und mir ist kotzübel. Mein rechtes Bein schmerzt und ich möchte auf der Stelle nachhause."

„Tut mir leid, aber sie verbleiben heute Nacht noch zur Beobachtung hier. Sie sind schwer gestürzt und waren bewusstlos. Sie haben im rechten Bein einen Muskelfaserriss und eine schwere Gehirnerschütterung, die auskuriert werden muss. Die nächsten Wochen ist absolute Ruhe für sie wichtig. Möchten sie jetzt ihren Bruder und ihren Freund sehen? Sie stehen draußen und warten auf die Diagnose."

Ich lachte.

„Die Diagnose können sie ihnen mitteilen, aber sehen möchte ich die beiden nicht! Sie können ihnen jedoch ausrichten.....sie können sich auf etwas gefasst machen, wenn ich hier rauskomme!"

Doc grinste mich an.

„Ist das alles?"

„Ja! Diese beiden Vollidioten sind an meinem Unfall schuld und ich habe keine Lust mich heute noch mit

125

ihnen zu konfrontieren. Ich habe bereits Kopfweh!"
„Ich werde es den beiden Herren ausrichten und sie
versuchen jetzt etwas zu schlafen. Morgen sehen wir
weiter. Gute Nacht."
„Gute Nacht!"
Ich legte mich zurück und der Doc verschwand.
Kurze Zeit später nickte auch ich ein.

Massimo und Enrico schliefen ihren Rausch aus und
fuhren dann ins Krankenhaus.
Zaghaft klopfte Massimo an die Zimmertür von Bella.
Von drinnen erklang ein Herein.
Beide Männer sahen sich an, traten ein und blieben an
der Tür stehen.
Isabella saß leichenblass in ihrem Bett und schaute in
ihre Richtung.
Enrico räusperte sich.
„Hi, Isabella! Hast du gut geschlafen?"
Ich musste grinsen, denn man sah ihnen ihr schlechtes
Gewissen an.
„Was steht ihr beiden Trottel so doof herum? Setzt
euch endlich! Ich habe recht gut geschlafen, danke! Ihr
anscheinend nicht. Mein Gott, seht ihr verhaut aus!
Habt ihr gesoffen?"
Beide atmeten erleichtert auf und Enrico drückte Bella
einen Kuss auf die Wange.
„Jepp, Schwesterherz! Wir beide haben uns gestern
noch abgeschossen nach dem Schreck! Massimo war
nicht einmal fähig nachhause zu fahren und hat bei dir
im Gästezimmer übernachtet. Ich hoffe das war okay
für dich."
„Mir egal, ich war ja nicht zuhause."
Massimo schaute mich mehr als durchdringend an und
ich musste innerlich grinsen. Er traute sich nicht mich

anzusprechen und so nahm ich ihm das ab.

„Was macht Mariellas Fingernagel? Ich hoffe er ist wieder in Ordnung und sie kann euch an Stelle von mir helfen! Ich falle ja nun für Wochen aus", gab ich sarkastisch von mir.

Massimo zuckte unmerklich zusammen und blickte mich gequält an.

Enrico grinste und stand auf.

„Wer möchte etwas Kaffee? Ich geh ihn holen! Bella? Massi?"

Wir nickten und dann verschwand er

Jetzt war ich mit Massimo alleine, der auf mich zukam und sich auf mein Bett setzte.

Vorsichtig nahm er eine meiner Hände in seine.

„Isabella, ich möchte mich bei dir entschuldigen, was da gestern passiert ist. Es war mehr als gedankenlos von mir, die Leiter loszulassen. Ich wollte nur Mariella loswerden, da mir das Gezicke auf die Nerven ging. Kannst du mir jemals verzeihen?"

Ich nickte nur und entzog ihm meine Hand wieder.

Seine Nähe brachte meine ganzen Gefühle wieder einmal heftig durcheinander.

Im gleichen Augenblick erschien Enrico wieder und reichte uns den Kaffee.

„Bella, ich habe gerade den Arzt getroffen und wenn du möchtest kannst du heute noch mit nachhause. Er möchte allerdings, dass sich jemand in den nächsten Wochen um dich kümmert. Leider muss ich ein paar Tage nach Korea zurück. Vielleicht erklärt sich Massi dazu bereit. Du musst sonst hier verbleiben, wegen deines Muskelfaserrisses. Dein Oberschenkel wird sich noch so richtig blau einfärben, meinte Doc. Er kommt gleich vorbei und bespricht alles mit dir."

Massimo stimmte sofort zu.

„Klar! Somit kann ich wenigstens etwas von meiner Schuld abtragen, was ich Bella da angetan habe."
Ich wehrte ab.
„Bloß nicht! Mir reicht diese Verletzung hier schon! Ich möchte mir nicht auch noch das Genick brechen, wenn er auf mich aufpasst!"
„Isabella, ich bitte dich. Hast du denn kein Vertrauen zu mir?"
Ich lachte.
„Ach, Massimo! Eben wegen dieses Vertrauens lieg ich nun hier. Ich habe zu sehr vertraut. Du bekommst noch diese eine Chance von mir. Versau es nicht wieder!"
Massimo zog mich an sich und drückte mich so fest, bis ich aufschrie.
„Autsch! Verdammt noch mal, du tust mir weh! Mein Kopf! Pass doch auf!", brüllte ich ihn an.
Erschrocken ließ er mich los.
Es klopfte und der Arzt erschien.
„Hallo, Isabella! Wie geht es ihnen heute? Ihr Bruder hat ihnen sicherlich bereits die Botschaft überbracht, dass sie nachhause können, wenn eine Betreuung für sie gesichert ist!"
„Die übernehme ich!", gab Massimo von sich.
„Gut, dann lasse ich ihre Entlassungspapiere sofort an der Rezeption hinterlegen. Bitte schonen sie sich wie besprochen. Und sie junger Freund kümmern sich gut um sie. Sie wird eh nicht laufen können, denn dieser Muskelfaserriss ist sehr schmerzhaft. Heißt für sie ab sofort Rundumpflege!"
Massimo nickte.
„Ich werde es beherzigen und mich bemühen!"
Nachdem alles geregelt war, halfen mir beide Jungs beim Anziehen und trugen mich zum Auto.
Unter viel Gelächter fand ich endlich Platz auf dem

Rücksitz und dann fuhr Massimo zu sich nachhause. Er überließ mir sein Schlafzimmer ohne Murren und ich bedankte mich bei ihm.

„Dir soll es an nichts fehlen, Bella!"

„Wo schläfst du, Massi?"

„In deinem ehemaligen Gästezimmer, gleich nebenan. So bin ich sofort zur Stelle, wenn du etwas benötigst."

„Ich werde versuchen, dich so wenig wie möglich in Anspruch zu nehmen. Dank der Gehhilfen bin ich nicht dauerhaft auf dich angewiesen und muss mir keine Vorhaltungen deinerseits anhören."

„Verflixt noch mal, Isabella! Hör auf zu streiten, denn mir ist nicht danach! Du wirst dich nach dem richten, was der Arzt gesagt hat! Ich bringe dich jetzt in den Wintergarten und wir werden dort Kaffee zusammen trinken und eine Runde Schach spielen. Ist das okay für dich? Du brauchst etwas Ablenkung. Maria bereitet inzwischen das Mittagessen vor. Lass dir eines gesagt sein, richtest du dich nicht nach meinen Anweisungen, fessle ich dich ans Bett! War das jetzt klar und deutlich?"

Ich lachte.

„Du tickst doch nicht richtig! Solche Spielchen kannst du mit deiner geliebten Mariella abziehen, aber nicht mit mir! Bring mich sofort ins Krankenhaus zurück! Unter diesen Umständen bleibe ich nicht hier!"

Wütend versuchte ich aufzustehen, doch Massimo hinderte mich daran.

Er setzte sich zu mir aufs Bett, zog mich an sich und dann küsste er mich.

Der Versuch, mich von ihm zu trennen scheiterte und ich ließ es geschehen.

Nach etlichen Sekunden gab er mich frei und grinste mich frech an, während ich verzweifelt nach Fassung rang.

Ich schlug nach ihm.

„Du verdammter......"

„Sei still Bella, sonst wiederhole ich die Aktion und hör endlich auf mir dauerhaft Mariella unter die Nase zu reiben!", fiel er mir ins Wort und hielt meine Arme extrem fest.

„Du tust mir weh! Lass mich sofort los und dann sieh zu, dass du verschwindest! Ich komme alleine klar! Hast du das jetzt kapiert!"

Massimo ließ mich los und stand auf.

„Weißt du was, Isabella? Sie zu, wie du klar kommst! Ich werde Enrico benachrichtigen, dass du komplett beratungsresistent bist. Ich geb es auf und schlafe im gegenüberliegenden Flügel! Allerdings werde ich die Türen offen lassen, falls du es dir anders überlegst und doch meine Hilfe in Anspruch nehmen willst! Ruf nach mir, wenn du Hilfe benötigst!", brüllte er mich an.

„Darauf kannst du lange warten!", blaffte ich zurück.

Massimo winkte ab und verschwand.

Heulend legte ich mich aufs Bett zurück und versuchte etwas zu schlafen.

Ich konnte und wollte einfach nicht über meinen Schatten springen und ihm verzeihen, denn vor mir erschien immer wieder das Bild, als er sich mit Mariella in meinem Bett vergnügt hatte.

Trotzdem hatte ich ihn gern und er versuchte wirklich alles, um sich mir wieder anzunähern.

Mein rechtes Bein fing an zu schmerzen und ich hatte die Schmerztabletten im Bad vergessen.

Massimo wollte ich nach dieser Eskalation nicht rufen und so versuchte ich es mit den Gehhilfen selbst in den Griff zu bekommen.

Weit kam ich nicht, denn die Schmerzen bremsten mich

vollständig aus.

Ich musste kurz vor der Tür ins Bad aufgeben, setzte mich resigniert auf den Boden und heulte los.

Massimo war in die Küche verschwunden, um für Isabella und sich einen starken Kaffe zu machen. Er wollte mit ihr reden und war über die Sturheit von Isabella ziemlich angesäuert. Er wusste, dass er selbst daran schuld war. Ihm tat es bereits leid, dass er sie wieder so extrem angegangen hatte.

Nachdem der Kaffe durchgelaufen war, eilte er in sein Schlafzimmer zurück und erstarrte. Isabella hatte doch tatsächlich versucht alleine ins Bad zu gelangen und war wohl gestürzt. Sie saß am Boden, hatte ihn noch nicht bemerkt und war völlig in Tränen aufgelöst. Schnell stellte er die Tassen ab, eilte auf sie zu und kniete sich vor sie hin.

Sie erschrak und schaute ihn mehr als verzweifelt an.

„Bella, was machst du denn wieder? Hast du dir sehr wehgetan?"

Vorsichtig hob er sie hoch, trug sie zum Bett und setzte sie behutsam ab.

„Ich bin nicht gestürzt! Mich haben die Schmerzen nur ausgebremst und ich musste mich setzen! Ich hatte meine Tabletten im Bad vergessen und wollte sie holen! Würdest du das bitte für mich tun?"

Er nickte, holte das Gewünschte und drückte ihr die Tabletten in die Hand.

„Hast du arge Schmerzen, Bella? Ich habe uns Kaffe gekocht! Möchtest du ihn lieber hier trinken oder in der Küche?"

„Ich denke, du wolltest mit mir in den Wintergarten und eine Runde Schach spielen? Steht dein Angebot noch?"

Massimo grinste.

„Klar, wenn du möchtest? Es tut mir leid Bella, dass ich dich vorhin so angeschrieen habe. Lass uns bitte in nächster Zeit nicht mehr streiten und das Beste aus dieser Situation machen."

Ich nickte und schon kamen mir wieder die Tränen. Massimo zog mich vorsichtig an sich und küsste mich, bis mir die Luft ausging.

Danach hob er mich hoch, setzte mich auf die Couch im Wintergarten und eilte zurück, um den Kaffe zu holen.

Er reichte mir die Tasse, nahm neben mir Platz und drückte mir erneut einen Kuss auf die Wange.

„Welche Farbe möchtest du diesmal beim Schach?"

„Schwarz! Du verlierst eh wieder, egal welche Farbe du hast!", gab ich lachend von mir.

Er schüttelte den Kopf.

„Diesmal nicht, Bella!"

„Sicher?"

„Absolut sicher! Was bekomme ich von dir, falls ich gewinne?"

„Gegenfrage, Massi! Was hättest du denn gerne? Dir spukt doch bereits etwas im Kopf herum!"

Herausfordernd blickte er mich an.

„Ein Wochenende nur mit dir im Bett!"

Ich stöhnte auf.

„Massimo, ich weiß nicht, ob ich dir das nach all den Vorkommnissen versprechen kann! Außerdem bin ich noch verletzt!"

„Du Dummerchen! Natürlich nach deiner Genesung. Alles andere wäre nicht okay. Lass mich deine Zweifel und Bedenken ausräumen und dir beweisen, dass ich dich ernsthaft liebe."

Ich hielt mir die Hände vors Gesicht und dachte nach.

Was, wenn Mariella wieder mit ins Spiel kam. Tausend Gedanken schossen mir durch den Kopf.

„Bella?"

Ich nahm die Hände von meinem Gesicht und blickte Massimo lange an.

„Du sollst deine Chance bekommen! Gehen wir es mehr als langsam an. Klappt es wieder nicht, war es das entgültig zwischen uns beiden und ich breche den Kontakt vollständig zu dir ab!"

„Okay, Isabella! Wir beide haben einen Deal! Jetzt lass uns Schach spielen. Möge der Bessere gewinnen!", gab er von sich und stellte die Figuren aufs Brett.

Wie es der Teufel wollte, gewann er diesmal.

Triumphierend blickte er mich an.

Ich schluckte und schloss meine Augen erneut.

„So, Bella! Ich hoffe du hältst dein Versprechen, was den Deal zwischen uns betrifft! Ich verspreche dir auch, sehr sanft mit dir beim Sex umzugehen."

„Idiot! Du weißt doch gar nicht, ob ich Sex mit dir haben möchte. Ein Wochenende nur mit mir im Bett, ist dehnbar", zischte ich und sah ihn an, während er mich triumphierend angrinste.

„Was ist, Isabella? Revanche?"

„Nein, ich verzichte! Du sollst deine Genugtuung von mir bekommen! Der Deal steht!"

„Möchtest du auf diesen Schock noch einen Kaffe, meine Süße?"

Ich blieb ihm eine Antwort schuldig.

Mein Bauchgefühl suggerierte mir, dass Mariella sicher wieder dazwischen funken würde.

Er stand auf, drückte mir einen Kuss auf die Stirn und verschwand in die Küche

Entnervt lehnte ich mich auf der Couch zurück und mir wurde klar, dass ich Massimo nicht unterschätzen sollte.

Wie immer sollte ich Recht behalten.

Es dauerte noch einige Wochen, bis dieser Faserriss völlig ausgeheilt war.

Inzwischen war Enrico auch wieder vor Ort und die Endarbeiten für das Bed- und Breakfast konnten nun abgeschlossen werden.

Leider war ich hierbei keine große Hilfe, denn ab und an, musste ich noch Gehhilfen nutzen.

Allerdings konnte ich die Versorgung beider Männer täglich gewährleisten.

So auch heute.

Ich war gerade auf dem Weg, als mir fröhliches Gelächter entgegen schlug.

Mariella!

Verdammt noch mal!

Was suchte sie schon wieder hier?

Meine innere Stimme, auf die ich mich jederzeit verlassen konnte, hatte mich vor Wochen vorgewarnt.

Ich betrat den Raum und sah Massimo und Enrico mit ihr schäkern.

Sie hatte beide mit reichlich Essen eingedeckt.

Beide Männer erschraken, als sie mich erblickten.

Massimo stand auf, eilte auf mich zu und nahm mir die Boxen mit dm Essen ab.

Schuldbewusst blickte er mich an und ich grinste.

„Danke Bella! Komm und setz dich zu uns."

Ich schüttelte den Kopf.

„Nein danke, Massi. Ihr habt ja bereits jemand für eure Unterhaltung griffbereit und ich wäre überflüssig. Versorgt wurdet ihr auch. Allerdings wäre es nett gewesen, mich zu informieren. Somit hätte ich mir den Weg sparen können. Lasst es euch gut schmecken. Wir sehen uns später."

Ich drehte mich zum Gehen um, und blickte in das

Gesicht von Mariella, die triumphierend grinste.
So ein Miststück!
Mir war klar, was sie vorhatte.
Massimo hatte meinen Blick bemerkt, lief mir eilig nach und hielt mich zurück.
„Bella! Alles okay bei dir? Bist du sauer, dass Mariella vor Ort ist? Lass uns reden!"
Ich nahm seine Hand von meinem Arm.
„Dazu habe ich keine Zeit und auch keine Geduld. Ich wusste allerdings im Voraus, dass dies erneut passieren würde. Meine Intuition hat mich noch nie getäuscht und du änderst dich in keinster Weise. Geh zurück, dass Essen wird kalt. Viel Spaß euch dreien!"
Auf dem Weg zurück ins Schloss, brach ich in Tränen aus.
Es schien so, als begann das Schauspiel von neuem.
Ohne mich!
Ich eilte in die Küche und teilte Maria mit, dass ich wieder in meine eigenen vier Wände verschwinden würde.
„Isabella, was ist geschehen? Du hast ein verheultes Gesicht! Willst du wirklich schon zurück? Du bist noch nicht völlig gesundet."
„Es wird schon gehen. So schlimm ist es nicht mehr. Was geschehen ist? Ich habe die beiden Kerle gerade mit Mariella quietschvergnügt erwischt. Ich habe keine Lust und keine Nerven mehr, mich mit ihr erneut zu konfrontieren, denn ich weiß was sie bezweckt. Ich räume das Feld. Liebe Grüße an Nonna. Lass es dir gut gehen, Maria!"
„Isabella, was soll ich Massimo sagen, wenn er nach dir fragt."
„Das ich nachhause bin. Er wird wissen warum."
Ich beeilte mich, packte meine restlichen Sachen ein,

rief ein Taxi und verschwand.

Was Enrico mit Mariella vorhatte, war seine Sache. Nur, dass Massimo sich erneut mit ihr einließ, konnte ich nicht verstehen. Ich hatte seine leeren Versprechen mehr als satt.

Das Taxi hielt vor meinem Anwesen, ich zahlte, stieg aus und war froh in meinen eigenen Gefilden zu sein.

Das Einzige, was ich im Schloss vergessen hatte, waren meine Gehhilfen. Diese würde ich in den nächsten Tagen allerdings nicht mehr benötigen.

Ich informierte Aldo, dass ich wieder im Lande war und morgen kurz im Geschäft erscheinen würde.

„Isabella, überfordere dich nicht sofort wieder!"

„Alles okay, Aldo! Ich benötige im Moment mehr als Zerstreuung. Bitte bringt mir eine Pizza vorbei. Mein Kühlschank ist leer und ich befülle ihn erst wieder. Bis morgen."

„Geht klar Isabella! In zwanzig Minuten ist Paolo bei dir."

Nach dem Anruf schnappte ich mir eine Flasche von meinem Wein und machte es mir auf der Couch mehr als gemütlich.

Wie versprochen klingelte es zwanzig Minuten später und Paolo brachte meine Pizza.

Freudig umarmte er mich.

„Chefin, wenn du Hilfe benötigst, melde dich und wir erscheinen."

„Ich danke dir Paolo! Grüße an den Rest vom Team."

Mit Heißhunger fiel ich über die Pizza her und genoss den Wein dazu.

Danach war ich pappsatt und auch heftig angetrunken.

Ich schnappte mir eine Decke und verzog mich erneut auf die Couch.

Stunden später wurde ich wach und sah Massimo mir

gegenübersitzen.

„Hallo, Principessa! Wie geht es dir?"

Ich schoss hoch.

„Was willst du hier, Massimo? Ich habe nicht um dein Erscheinen gebeten. Ist die Session mit Mariella schon beendet? Ich hoffe du hattest Spaß! Verschwinde!", blaffte ich ihn an.

„Isabella! Was soll das?"

„Wer hat dich überhaupt hereingelassen? Kann ja nur Enrico gewesen sein! Mal ehrlich, Massimo! Wie lange willst du dieses Spielchen noch mit mir spielen? Ich hatte dich gewarnt und nun ist Schluss mit lustig! Lass mich einfach in Ruhe! Sämtliche Deals mit dir sind von nun an geplatzt! Ich habe noch einiges vor und für solche Scherze keine Zeit und keine Nerven mehr! Schnapp dir Mariella und werde glücklich mit ihr! Jetzt verschwinde!"

„Nicht doch, Isabella! Ich…."

„Verschwinde endlich! Ich meine es ernst! Wenn du mit mir etwas zu bereden hast, nur noch geschäftlich! Hast du das jetzt kapiert?", schnitt ich ihm das Wort ab.

Er nickte, stand auf und ging.

Kurz darauf erschien Enrico.

„Isabella, was ist geschehen? Massimo ist kreidebleich an mir vorbeigerauscht! Auf Nachfragen gab er keine Antwort."

Ich klärte Enrico auf.

„Bella, war das nötig? Ich denke du liebst ihn?"

„Nur so finde ich heraus, wie er zu mir steht! Enrico ich habe keine Kraft mehr, mich immer wieder mit ihm wegen Mariella auseinander zu setzen. Warten wir es ab. Morgen werde ich mir im Ort ein altes Gebäude ansehen. Ich habe vor ein kleines Hotel für Gäste zu eröffnen. Da du bereits Wissen darüber besitzt, bitte ich

dich, mir beim Aufbau zu helfen."
Enrico nickte.
„Wo befindet sich dieses Anwesen? Hast du schon mit dem Verkäufer Kontakt aufgenommen?"
„Ja, habe ich. Das Verkaufsobjekt befindet sich vier Häuser weiter. Eine ältere Dame möchte es abstoßen. Ich habe in zwei Stunden ein Treffen mit ihr."
„Soll ich dich begleiten?", fragte Enrico nach.
Ich schüttelte den Kopf.
„Nein! Bertolini wird mitkommen. Wir haben einen Vertrag ausgefertigt und ich habe Vorkaufsrecht. Ich geh dann mal. Bis später."
Enrico grinste.
„Viel Erfolg, Bella!"
„Danke!"
Kurz darauf hatte ich den Kaufvertrag unter Dach und Fach und eilte beschwingt ins Lokal zurück, wo ich schon gespannt erwartet wurde.
„Und?", fragte mich Enrico.
„Alles paletti! Eine neue Aufgabe ist zu erfüllen. Morgen zeige ich dir dieses Anwesen. Jetzt lasst uns feiern."
Kurze Zeit später saßen wir zusammen und ich wurde von meinem Team beglückwünscht.
Aldo wandte sich an mich.
„Isabella? Wird das nicht alles etwas zu viel für dich? Das Lokal mit dem ganzen Drumherum. Das Bed- and Breakfast. Dein Weinberg. Die Organisation mit den Zulieferern und nun auch noch ein Hotel?"
Ich schüttelte den Kopf und lachte.
„No Risk, no Fun! Das wird schon!"
„Okay! Falls du unsere Unterstützung benötigst, sag uns Bescheid."
Ich nickte und bedankte mich.

Keine Viertelstunde später erschien Massimo.
Enrico lud ihn auf ein Glas Wein ein und erzählte ihm die Neuigkeit.
Massimo beglückwünschte mich.
Kurze darauf erschien Mariella im Lokal, machte eine riesige Szene und ging dann auf mich los.
„Du verdammtes Miststück! Lass ihn endlich in Ruhe! Seitdem du hier aufgetaucht bist, geht alles drunter und drüber!"
Mir reichte es jetzt entgültig.
„Bleib ruhig, Mariella! Ich möchte nichts von Massimo und du hast ihn ganz alleine für dich! Schnapp ihn dir und mach das Beste daraus. Ich überlasse ihn dir! Allerdings glaube ich kaum, dass er mit dir dummen, notgeilen Stück, je seine Erfüllung finden wird. So und nun verlasst beide mein Lokal! Ihr habt ab heute hier Hausverbot! Ich werde euer Verhalten hier nicht mehr dulden!", erklärte ich.
Mariella ging schreiend auf mich los. Ohrfeigte mich, und verkrallte sich in meinen Haaren, bevor jemand reagieren und dazwischen gehen konnte.
Verzweifelt versuchte ich ihre Hände aus meinen Haaren zu winden.
Enrico und Paolo kamen mir zu Hilfe und ich rieb mir meine schmerzende Kopfhaut.
Mein Blick fiel auf Massimo, der kreidebleich am Tisch saß und von mir zu Mariella blickte.
Langsam stand er auf, griff nach Mariella und zog sie mit sich nach draußen.
Aldo blickte mich forschend an.
„Geht es dir gut, Bella?"
Ich nickte.
„Ja! Allerdings mach ich mich vom Acker. Feiert ruhig weiter!"

Ich stand auf, verließ mein Lokal und machte mich auf den Weg nachhause.

Unglaublich, was gerade geschehen war.

Das war nun das endgültige aus zwischen Massimo und mir.

Zum Glück hatte ich in den nächsten Tagen einiges zu tun und keine Zeit, mir Gedanken darüber zu machen.

Akribisch ging ich den Grundriss für mein zukünftiges Hotel durch und machte mir einige Notizen für den Umbau.

Stunden später erschien Enrico.

„Isabella, ich muss mit dir reden. Massimo kam noch einmal zurück und bat mich darum. Er hätte gerne mit dir gesprochen und entschuldigt sich für das Verhalten von Mariella Außerdem hat er die Freundschaft zu ihr beendet."

„Entschuldigung angenommen, Enrico! Ein Treffen wird nicht stattfinden! Mir ist es völlig egal, wie er zu Mariella steht. Du kannst es so an ihn weitergeben."

„Isabella....!"

„Nein, Enrico! Ich möchte nichts mehr hören! Dieses hin und her schadet nur meinem Geschäft! Ich habe mich entschieden und dabei bleibt es!"

„Gut, ich werde es Massimo so weitergeben."

„Mach das! Ich gehe jetzt schlafen und wünsche dir eine gute Nacht."

„Ich dir auch, Bella! Schlaf gut."

Ich nickte, verschwand in mein Schlafzimmer und heulte mich, wie so oft, in den Schlaf.

Massimo war völlig geschockt über das Verhalten von Mariella und fuhr sie nachhause.

Sie machte ihm während der Heimfahrt eine weitere Szene und er machte ihr klar, dass er sie nicht mehr sehen wollte.

„Mariella unsere Freundschaft ist hiermit beendet. Ich kann es mir in absehbarer Zeit nicht erlauben, mich auf dein Niveau aus Eifersucht herabzulassen, denn ich steige wieder ins Immobiliengeschäft ein. Lass uns nur noch gute Freunde sein."

„ Du verdammter Scheißkerl! Ich hasse dich! Alles nur wegen dieser Principessa!"

„Wie du meinst! Isabella hat nichts damit zu tun! Du alleine bist diejenige, die sich mit ihrem Verhalten alles versaut hat! Würdest du bitte aussteigen, wir sind bei dir zuhause!!"

Mariella tat wie ihr geheißen, schlug wütend die Autotür zu und stapfte Richtung Haustür.

Massimo atmete erleichtert auf. Jetzt hatte er noch etwas mit Isabella zu klären. Er fuhr zurück, traf aber Isabella nicht mehr an.

Enttäuscht wandte er sich an Enrico.

„Enrico, könntest du bei Bella ein gutes Wort für mich einlegen?"

„Ein Versuch ist es wert, aber ich verspreche nichts."

„Geht klar! Ich habe gerade Mariella die Freundschaft gekündigt."

„Was soll ich Bella ausrichten?"

Massimo erklärte es ihm und Enrico versprach, es so an Isabella weiterzuleiten.

„Ich danke dir, Enrico."

Massimo verabschiedete sich und ging.

Enrico machte sich auf den Weg nachhause, um mit Isabella zu reden.

Diese blockte vollkommen ab und war zu keinem Gespräch mit Massimo bereit.

Als ich am nächsten Morgen aufwachte, hörte ich

Enrico bereits in der Küche werkeln.

Kaffeeduft stieg mir in die Nase.

Ich stand auf, duschte und eilte in die Küche.

„Guten Morgen, Enrico!"

Dieser nickte und stellte mir einen Teller mit Speck, Eiern und Toast vor die Nase.

„Mhhhh. Lecker.", gab ich von mir

Enrico blickte mich an.

„Was hast du heute vor, Isabella? Hast du es dir doch überlegt, um mit Massimo zu reden? Er war gestern mehr als geknickt!"

Ich blickte Enrico durchdringend an, bevor ich ihm eine Antwort gab.

„Ich werde mich heute um den Umbau des Hotels kümmern. Kommst du mit? Deine Frage wegen Massimo beantworte ich erneut mit einem Nein! Hör auf mich damit zu nerven!"

Enrico nickte.

„Okay, ich habe es kapiert! Wird ein stressiger Tag werden. Bedeutet jede Menge an Ämtergängen", hakte er nach.

„Ja und dergleichen mehr. Ich denke, der Rest der Woche ist damit ausgefüllt."

„Nun, dann lass es uns nach dem Frühstück angehen."

Kurze Zeit später machten wir uns auf den Weg und es klappte alles wie am Schnürchen.

Ich zeigte Enrico meine Errungenschaft und er war hellauf begeistert.

„Hoffentlich hast du dich nicht mit der ganzen Arbeit übernommen. Jedenfalls wird diese Investition eine Goldgrube."

„Nein! Ich brauch das als Ausgleich! Wann fliegst du nach Korea zurück?"

„Ende der Woche! Ich muss mich um mein Geschäft

kümmern. Solltest du allerdings Hilfe nötig haben, dann melde dich."

Ich nickte.

Die Woche verging ohne große Vorkommnisse und dann musste ich mich von Enrico verabschieden, was sehr tränenreich ausfiel.

Er legte mir ans Herz, mich zu schonen und mich nicht zu arg auszupowern.

Ich versprach es ihm.

Die neue Woche begann und ich war in meinem Lokal voll eingespannt.

Die Ferienzeit rückte näher und ich kreierte einen neuen Speiseplan.

Inzwischen boomte mein Lokal und ich konnte es mir leisten, Aushilfskräfte einzustellen.

Ich fragte mein Team, ob jemand von ihnen, mir ein paar Leute empfehlen konnte.

Paolo erzählte mir, dass im Nachbarort eine Fabrik in Insolvenz gegangen und seine Mutter und zwei seiner Schwestern dadurch arbeitslos waren.

Ich lud alle drei zu einem Gespräch ein.

Paolos Mutter Giovanna würde mir als Küchenhilfe zur Hand gehen und seine Schwestern Giulia und Chiara übernahmen die Eistheke und das Café und Cake to go im Wechsel.

Wir einigten uns auf eine gute Bezahlung.

Ich bot ihnen ein Du an, denn es war mir recht, dass alles im familiären Bereich blieb.

Aldo grinste.

Als ich im vorschlug zwei Köche auszubilden, machte er mich darauf aufmerksam, dass ich dazu unbedingt einen Ausbilderschein benötigte.

Also eine Ausbildereignungsprüfung ablegen musste.

Ich seufzte.

Aldo besaß leider keine und so musste ich wohl oder übel in den sauren Apfel beißen.

Zum Glück konnte man diese Prüfung auch per Internet absolvieren.

Schnell hatte ich mich angemeldet und die geforderten Bedingungen auch erfüllt.

Erneut hieß es büffeln und ich lernte Tag und Nacht dafür.

Hätte mein Team sich nicht so gut in dieser Zeit um mich gekümmert und mit Proviant versorgt, wäre ich wohl verhungert.

Ich bestand die Prüfung im Eiltempo mit Bravour und konnte endlich zur Entlastung meinerseits und von Aldo, zwei Schulabgänger einstellen.

Natürlich musste das gefeiert werden und ich lud die komplette Mannschaft dazu ein.

Giulia, Chiara, Giovanna, Matteo und Emilio waren die Frischlinge im Team und sehr glücklich, eine neue Anstellung gefunden zu haben.

Sie bedankten sich bei mir mit einem Blumenstrauß, dass ich ihnen eine Chance gegeben hatte.

Ich war so gerührt, dass ich in Tränen ausbrach.

Meine harte Arbeit trug langsam Früchte und mein Wunsch, einen Michelinstern zu ergattern, kam immer näher.

Mein Hotelumbau machte gute Fortschritte und bis zu den Sommerferien würde er fertig gestellt sein.

An diesem Abend wurde sehr viel getrunken.

Aldo beobachtete mich schon die ganze Zeit und ich schaute ihn fragend an.

„Isabella? Du bist kreidebleich. Geht es dir gut? Soll ich dich nachhause bringen?"

„Nein! Alles okay mit mir. Ich freue mich so sehr über

unseren Erfolg. Morgen ist eh unser freier Tag und ich kann ausschlafen", erklärte ich ihm.

„Übertreib es nicht! Denk daran, was dir Enrico ans Herz gelegt hat. Isabella, du hast in letzter Zeit extrem Raubbau mit deinem Körper getrieben und heftig abgenommen."

Ich lachte

„Es gehr mir gut, Aldo."

„Ich behalte dich im Auge, Isabella!", erwiderte er.

Gegen drei Uhr morgens, löste sich die Feier auf und ich musste mir eingestehen, dass es mir doch nicht so gut ging.

Auf dem Heimweg spielte mein Kreislauf verrückt und dann kippte ich übergangslos um.

Am nächsten Tag wachte ich im Krankenhaus wieder auf.

Ich hing am Tropf und fühlte mich wie ausgespuckt.

Gerade als ich nach der Schwester klingeln wollte, öffnete sich die Tür und Enrico eilte auf mich zu.

„Verflixt Isabella! Dich kann man wirklich nicht aus den Augen lassen! Was hast du dir eigentlich bei dieser Aktion gedacht? Ich sagte doch, du sollst dich nicht so verausgaben! Dolce Vita geht anders! Aldo hat mich heute Morgen informiert. Ich habe alles liegen und stehen lassen und bin sofort hierher geflogen."

Er schnappte sich einen Stuhl und setzte ich zu mir ans Bett.

„Schön dich zu sehen, Enrico. Ich bin allerdings nicht in der Stimmung, dass du mir Vorwürfe machst! Wer hat mich gefunden? Ich weiß nur noch, dass ich auf dem Weg nachhause umgekippt bin."

„Kein Wunder! Du bist völlig abgemagert und laut Arzt, warst du völlig dehydriert! Du hast maßlos übertrieben und es durch zuviel Alkoholgenuss noch gefördert! Dein Geschäft, der Umbau des Hotels und deine Prüfung, waren einfach zuviel für dich! Bist du überhaupt noch zum Schlafen gekommen? Um deine Frage zu beantworten, wer dich gefunden hat? Es war Massimo und Lorenzo, der Cousin von Mariella. Beide waren auf dem Rückweg von einer Feier. Du hattest wirklich Glück. Massimo fuhr dich ins Krankenhaus und verständigte Aldo, der mich dann benachrichtigte. Außerdem hat Aldo mir erzählt, was du innerhalb weniger Wochen bewältigt hast! Jetzt auch noch eine Ausbilderprüfung, um Köche auszubilden! Spinnst du?"

„Alles halb so wild! Ich strebe einen Michelinstern an und da benötige ich ausreichend Personal! So, mich hat also Massimo gefunden! Na toll! Passt mir gar nicht in mein Konzept! Jetzt bin ich ihm auch noch zu Dank verpflichtet!"

„Isabella es reicht! Sei froh, dass er dich gefunden hat! Wer weiß, wie es sonst ausgegangen wäre! Denk daran, du warst mal in ihn verliebt! Hättest du gestern nicht so viel gesoffen, würdest du nicht hier liegen!"

„Verdammt Enrico, dann wäre es eben später passiert! Hör auf mir Vorwürfe zu machen!"

„Ach, bevor ich es vergesse. Massimo steht vor der Tür und möchte dich besuchen."

Ich stöhnte auf.

„Okay! Ausnahmsweise! So kann ich mich gleich bei ihm bedanken!"

Enrico grinste, stand auf, eilte zur Tür und kam mit ihm zurück.

„Guten Morgen, Bella! Wie geht es dir?"

Mein Herz setzte einige Schläge aus, als ich ihn sah und am liebsten hätte ich ihn an mich gedrückt.

„Danke der Nachfrage. Im Moment nicht so gut, aber das dürfte für dich nicht wichtig sein. Ich möchte mich bei dir bedanken, dass du mich ins Krankenhaus gebracht hast", erwiderte ich kalt.

„Kein Problem, Isabella. Benötigst du etwas? Kann ich dir helfen?"

„Nein! Du kannst gehen! Ich wünsche dir noch einen schönen Tag! Zur Entschädigung für deine Hilfe, hebe ich das Hausverbot für dich auf. Du kannst das Lokal jederzeit wieder besuchen."

Massimo nickte, verabschiedete sich, warf mir noch einen sehnsüchtigen Blick zu und verschwand.

„Bella, war das jetzt nicht zu hart?"

„Nein! So halte ich ihn mir vom Leib!"

„Gesteh es dir endlich ein, dass du ihn noch liebst und ihn zurückhaben möchtest! Mich täuscht du nicht so leicht, denn ich habe dich genau beobachtet!"

„Enrico, hör auf damit, denn das sollte nicht dein Problem sein! Beenden wir dieses Thema!", blaffte ich ihn an und er grinste nur.

Kurze Zeit später erschien der Arzt und teilte mir mit, dass ich Morgen wieder nachhause konnte, mich aber unbedingt schonen sollte.

Ich nickte nur.

„Bella ich bleibe noch bis zum Wochenende und fliege dann wieder zurück."

„Ich danke dir Enrico!"

Einen Tag später holte mich Enrico ab und brachte mich nachhause.

„Ich muss dringend ins Lokal und meinen Laptop holen. Sicher sind einige E-Mails abzurufen", erklärte ich ihm.

„Meine Nerven, Isabella! Gönne dir doch etwas Ruhe! Deinen Laptop kannst du gegen abends auch noch holen. Es läuft nichts weg! Dein Team hat außerdem etwas für dich vorbereitet", gab er von sich.

„Okay! Verschieben wir es auf heute abends."

„Ruh dich noch etwas aus, Bella!"

Ich nickte, verzog mich zum Schlafen und erwachte am späten Nachmittag.

Nachdem ich mich umgezogen hatte, begleitete mich Enrico ins Lokal, wo ich von meinem Team mit einem riesigen Hallo empfangen wurde.

Im Hintergrund erblickte ich Massimo der mir zaghaft zulächelte, und eine mir nicht bekannte Person. Ich ging davon aus, dass es sich hierbei um Mariellas Cousin handelte.

Langsam schritt Massimo auf mich zu.

„Schön, dich gesund und munter zu sehen, Bella! Ich hoffe dir geht es gut und ich würde gerne mit dir über etwas reden! Bitte!"

Ich schluckte.

Was nun?

Genau das hatte ich vermeiden wollen!

Ich nickte.

„Okay, Massimo! Komm mit in den Garten."

„Danke Bella, dass du mir diese Chance gewährst."

Ich hakte mich bei ihm unter, schob ihn nach draußen und setzte mich auf einen der Stühle.

„Also Massi, was willst du? Meine Zeit ist kostbar und ich habe heute noch einiges vor!"

Er räusperte sich und legte dann los.

„Isabella, ich habe die Beziehung zu Mariella komplett abgebrochen. So nebenbei, ich habe ihren Cousin Lorenzo mitgebracht, der mir gestern half dich ins Krankenhaus zu bringen. Sicher hat dir Enrico das schon erzählt. Du hast mir die Augen geöffnet und in absehbarer Zeit widme ich mich wieder meinen alten

Geschäften. Ich steige erneut ins Immobiliengeschäft ein. Schluss mit Dolce Vita! Schau nicht so erstaunt. Ich bin nicht nur Schlossbesitzer, sondern habe auch einen guten Beruf erlernt. Isabella, bitte komm zurück zu mir."

„Stopp, Massimo! Enrico hat mir schon erklärt, dass du Mariella den Laufpass gegeben hast. Nur hast du das schon zu oft getan und dann kam es doch anders. Mich würde es nicht wundern, wenn sie heute wieder hier erscheint und die Feier sprengt! Sicherlich hat Lorenzo ihr mitgeteilt, wo er für sie zu erreichen ist. Zurückkommen werde ich nicht zu dir. Ich habe noch einiges vor und da ist es besser, wenn ich erstmal alleine bleibe und mein Vorhaben umsetze. Bitte versteh das, denn ich habe kein Vertrauen mehr zu dir. Zu oft hast du mich schon enttäuscht."

„Ziehst du es wenigstens in Erwägung?"

„Sollte ich meine Meinung ändern, werde ich es dir auf alle Fälle mitteilen! Jetzt lass uns zurück ins Lokal und feiern."

Massimo stand auf und ich erhob mich ebenfalls.

Bevor ich reagieren konnte, zog er mich eng zu sich und küsste mich. Ich ließ es geschehen und genoss es auch noch.

Grinsend gab er mich frei und stellte mir eine Frage.

„Darf ich also hoffen, Isabella?"

„Abwarten", gab ich von mir und eilte zurück ins Lokal, wo bereits das Essen auf uns wartete.

Massimo folgte mir.

Enrico musterte mich verhalten.

„Isabella, dein Lippenstift ist verschmiert. Was habt ihr beide eigentlich im Garten getrieben?", fragte er lachend nach.

„Nichts, du Idiot! Hör mit deiner dämlichen Fragerei

auf!", schnauzte ich ihn an und setzte mich.

Massimo nahm mit Lorenzo neben mir Platz und stellte ihn kurz vor.

„Angenehm Principessa! Wollen wir uns nicht duzen?"

Ich nickte und dann tranken wir Brüderschaft.

Der Abend verlief recht lustig, als gegen Mitternacht wie aus dem Nichts, Mariella erschien.

Sie stürmte auf Massimo zu und brüllte ihn an.

„Hab ich es mir doch gedacht, dass du Isabella mir erneut vorziehst! Was findest du eigentlich an diesem Bauerntrampel? Gut, dass mir Lorenzo erzählt hat, wo ihr beiden heute zu finden seid. Schau dir doch dieses Elend neben dir an. Ist es das was du willst? Eine Frau, die ständig verschwitzt ist. Dauerhaft die gleichen Klamotten an hat, die völlig out sind. Dann diese ständig strähnigen, fettigen Haare trägt und täglich nach Küche stinkt? Anscheinend turnt dich so etwa an! Ist sie wenigstens gut im Bett, dass es sich für dich lohnt? Was hat sie, was ich nicht habe?"

Urplötzlich herrschte Stille im Raum und alle Blicke waren auf mich gerichtet.

Ich schluckte nur und war zu keiner Antwort fähig.

Mariella griff nach einer Sauciere und schüttete diese über meinen Kopf aus.

Erschrocken zuckte ich zusammen, während mir die Brühe über das Gesicht lief.

Ich hatte es geahnt, dass sie wieder hier auftauchte und eine ihrer berühmten Szenarien zum Besten gab.

Während ich versuchte mich extrem unter Kontrolle zu halten, stand Lorenzo auf, griff nach Mariella und zog sie aus dem Lokal.

„Es reicht Mariella! Isabella es tut mir leid für diesen Fauxpas! Ich entschuldige mich für ihr Verhalten."

Die ganze Mannschaft blickte mich entgeistert an und

Massimo reichte mir eine Serviette, damit ich mir alles aus dem Gesicht wischen konnte.

„Nun, jedenfalls schmeckt die Sauce Bolognese super. Wer hat sie gekocht? Köstlich! Lasst uns den Abend weiter genießen und ihn uns nicht durch die unschöne Unterbrechung vermiesen lassen. Ich bin es von dieser Mariella nicht anders gewohnt! Sie attackiert mich schon, seitdem ich hier das Lokal übernommen habe", warf ich in die Runde.

Enrico eilte auf mich zu.

„Alles in Ordnung bei dir, Isabella?"

„Ja, Enrico! Mir geht es gut."

Ich wandte mich an Massimo.

„Verstehst du jetzt, warum ich mit dir keine Beziehung aufbauen will? Ich hatte wieder einmal Recht! Es wird sich nie etwas ändern, solange Mariella hinter dir her ist. Das was sie mir vorhin an den Kopf geworfen hat, war ziemlich heftiger Tobak. Sie wird sich nie ändern. Lass uns für die nächste Zeit auf Distanz gehen. Es ist besser so und ich wünsche keine Diskussion mehr."

„Okay Bella, ich werde mich deinem Wunsch beugen. Es tut mir leid, wie der heutige Abend verlaufen ist."

Nach einer Stunde verabschiedete ich mich unter dem Vorwand, dass es mir doch nicht so gut ging, wie ich es mir nach meinem Krankenhausaufenthalt erhofft hatte. Alle wünschten mir eine erholsame Nacht.

Ich bedankte mich, schnappte mir meinen Laptop und verschwand.

Enrico folgte und bremste mich aus.

„Bella, soll ich mitkommen?"

„Nein, ich brauche frische Luft! Bleib ruhig hier! Den Haustürschlüssel besitzt du ja noch. Bis morgen früh. Hab dich lieb Bruderherz. Was würde ich ohne dich nur machen."

Ich drückte ihm einen Kuss auf die Wange und ging.

Zuhause verschwand ich unter die Dusche und heulte wieder einmal vor mich hin.

Mariellas Worte hatten mich extrem verletzt.

War ich wirklich nur ein stinkendes, unscheinbares Individuum?

Ich fasste einen Entschluss und würde es dieser Bitch zeigen, was in mir steckte, denn ich hatte es langsam satt, mich herumschubsen zu lassen.

Mir fiel ein, dass meine früheren Internatsfreunde, zu denen ich noch Kontakt hielt, in Mailand Fuß gefasst und sich einen guten Namen gemacht hatten.

Giacomo und Maurizio.

Beide schwul und liiert, aber äußerst liebenswert.

Maurizio war einer der Starfriseure schlechthin und Giacomo einer der bekanntesten Designer auf der Fashion Week.

Ich benötigte ein neues Outfit und beide konnten mir sicherlich helfen.

Schnell war eine Verbindung zu beiden über Skype geschaltet und mein Problem erklärt.

Sie waren hoch erfreut mir helfen zu dürfen und luden mich nach Mailand ein.

Übernachten konnte ich bei beiden im Penthouse.

Ich bedankte mich, buchte einen Flug für die nächste Woche und legte mich dann schlafen.

Enrico weckte mich am Morgen und hatte bereits ein Frühstück auf den Tisch gezaubert.

„Guten Morgen, Bella! Wie geht es dir, nach gestern Abend."

„Guten Morgen! Alles ok und im grünen Bereich. War mir klar, dass dies passieren würde."

„Massimo war ziemlich geknickt, was da vorgefallen

ist."

Ich lachte.

„Er konnte doch nichts dafür. Die Schuld lag allein bei Lorenzo."

„Was ist eigentlich gestern zwischen dir und Massimo im Garten vorgefallen? Du kamst mit hochrotem Kopf und völlig außer Atem zurück ins Lokal und es schien so, als wenn ihr euch einig geworden seid."

„Nicht viel, Enrico. Massimo hat mich nur geküsst und ich muss zu meiner Schande gestehen, dass ich es mehr als genossen habe. Eventuell wäre es anders mit ihm ausgegangen, wäre das nicht mit Mariella passiert. Kurz zuvor hatte ich eine Vorahnung wie immer und ich sollte nicht enttäuscht werden. Ach, und noch etwas. Ich werde mich nächste Woche etwas aus dem Geschäftsgeschehen zurückziehen und mir eine kleine Auszeit nehmen. Etwas Energie auftanken, um für die Zukunft fit zu sein. Mein Team unterstützt mich wie immer dabei und ich bin froh, dass ich es habe."

„Wie lange bleibst du weg? Wohin verschlägt es dich?"

„Enrico, ich weiß es noch nicht", antwortete ich ihm. Was ich vorhatte, sollte vorerst ein Geheimnis bleiben.

„Okay! Somit kann ich getrost nach Korea fliegen und mich vorerst meinen eigenen Geschäften widmen."

Ich nickte.

„Enrico, ich danke dir für deine bisherige Hilfe!"

„Bella, du bist meine Schwester und das ist wohl mehr als selbstverständlich."

„Nein, dass ist es nicht! Falls du einmal Hilfe benötigst dann lass es mich wissen."

Er grinste.

„Eigentlich habe ich nur einen einzigen Wunsch an dich. Sieh zu, dass du Angelegenheit mit Massimo in den Griff bekommst. Ihr beide seid das perfekte Paar.

Nur habt ihr das noch nicht realisiert. Er liebt dich und du bist auch nicht gerade abgeneigt. Das Problem mit Mariella erledigt sich irgendwann von selbst. Rauft euch endlich zusammen!"

Ich winkte ab.

„Enrico, das steht noch in den Sternen. Kommst du nachher mit den Umbau im Hotel begutachten? Ich habe mit dem Baustellenleiter noch einiges zu bereden, solange ich meine Auszeit habe."

„Sag Bescheid, wann du los willst."

„In ungefähr einer Stunde bin ich soweit."

„Geht klar, Isabella."

Ich rief einige unbeantwortete Mails ab und erledigte noch etwas Kleinkram.

Kurze Zeit später machte ich mich mit Enrico auf den Weg zur Baustelle, um einiges während meiner Auszeit abzuklären.

Der Umbau war fast fertig gestellt und ich überlegte mir bereits, wie ich die Innenräume einrichten konnte.

Der Rest der Woche ging ziemlich schnell herum und Enrico verabschiedete sich wieder.

Ich fuhr ihn zum Flughafen.

„Isabella, ich erwarte von dir einen täglichen Anruf, damit ich weiß, dass es dir auch gut geht."

„Geht klar, Enrico. Komm gut nachhause. Hab dich lieb."

Ich stellte mich auf meine Zehenspitzen und drückte ihm einen Kuss auf die Wange.

Er grinste nur.

„Isabella, was hast du wirklich vor? Du heckst doch mal wieder irgendetwas aus. Inzwischen kenne ich dich zu gut und nehme dir deine vermeintliche Auszeit so nicht ab. Du druckst seit Tagen herum."

„Okay, erwischt! Ich fliege für ungefähr einen Monat zu

ein paar Internatsfreunden, um eine Umstylung an mir vornehmen zu lassen. Beide sind in der Mailänder Szene die Nummer Eins schlechthin. Sie freuen sich schon auf mich. Lass dich überraschen, Enrico."

Er blickte mich durchdringend an.

„Haben dich die Worte von Mariella so hart getroffen? Ich wusste doch, dass etwas nicht mit dir stimmt. Du warst die letzten Tage so still und das ist einfach nur atypisch für dich."

Ich nickte.

„Ja, ihre Worte haben mich extrem hart getroffen. Vielleicht ist doch etwas Wahres daran und ich sehe mehr als unansehnlich aus. Zumindest sollte ich mir für meine Freizeit außerhalb des Lokals ein neues Outfit gönnen."

Enrico zog mich an sich und drückte mich.

„Dummerchen! Du würdest sogar in einem Sack gut aussehen. Mein Flug wird gerade aufgerufen. Bis bald und lass es dir in Mailand gut gehen."

Ich nickte und verabschiedete mich.

Die restlichen Tage, bis zu meinem eigenen Abflug vergingen ruhig und dann war es soweit.

Giacomo und Maurizio holten mich vom Flughafen ab und brachten mich in ihr Penthouse.

Ich war komplett geflasht.

Später musste ihnen noch Rede und Antwort stehen, wie es mir in den letzten Jahren so ergangen war.

Wir tauschten uns gegenseitig aus und sie waren mehr als erstaunt, dass ich eine italienische Principessa war.

„Ich wusste schon immer Isabella, dass du besonders bist", gab Giacomo von sich und Maurizio pflichtete ihm bei.

„Hast du deinen Traumprinzen schon gefunden? Bist

du verheiratet? Hast du schon Kinder? Was machst du beruflich?"

Ich gab ein kurzes Statement über mich ab und beide waren mehr als gerührt. Besonders an der Stelle, wo ich ihnen den Verlust meines Babys erzählte.

„Was ist mit diesem Massimo? Liebst du ihn noch, obwohl er sich nicht entscheiden kann? Isabella du bist eine hübsche junge Frau und es ist eigentlich nicht nötig, dich zu verändern. Wir werden dir trotzdem deinen Wunsch erfüllen. Jetzt ruh dich aus und lass uns morgen alles in Angriff nehmen. Schlaf gut."

„Danke ihr beiden. Ich wünsche ebenfalls eine gute Nacht."

Am nächsten Tag wachte ich erst gegen Mittag auf und meine beiden Mitstreiter verwöhnten mich mit einem tollen Frühstück.

„Sorry Leute, dass ich so spät aufgewacht bin. Dieser Schlaf hat mir richtig gut getan und ich fühle mich so gut, wie schon lange nicht mehr."

Maurizio lachte.

„Heute werden wir dich erstmal durch die Mailänder Innenstadt führen und du suchst dir ein paar Outfits deiner Wahl zusammen. Wegen der Preise musst du dir keine Sorgen machen. Maurizio und ich haben beschlossen dich zu sponsern. Du musst uns nur einen Gefallen tun und für uns und unsere Produkte etwas Model spielen."

Ich musste lachen.

„Leute, ich und ein Model! Ja klar, so unscheinbar wie ich bin!"

„Isabella, das wird sich ab morgen ändern! Bist du mit unserem Vorschlag einverstanden? Haben wir einen Deal?", fragte mich Giacomo.

„Okay Jungs, wir haben einen Deal!"
Nachdem ich gefrühstückt hatte machten wir uns auf den Weg.
Beide Kerle schleppten mich von einem Geschäft zum anderen und gaben mir wichtige Tipps, was in der Modewelt zurzeit *in* war.
Nach fünf Stunden taten mir die Füße weh und ich war völlig erschöpft.
„Leute, ich kann nicht mehr und außerdem habe ich tierischen Hunger. Könnten wir bitte Essen gehen? Mir reicht sogar ein Burger."
Beide Kerle lachten.
„Nichts mit Burger! Wir laden dich zu einem unserer besten Freunde ein. Er besitzt ein Restaurant mit fünf Michelinsternen und ist weltweit bekannt für seine mehr als ausgefallenen Gerichte. Wir werden bereits von ihm erwartet und er freut sich."
„Ihr meint jetzt aber nicht den Starkoch Davide?"
„Doch! Du bist gut informiert Isabella. Nun komm!"
Ich wurde von Davide herzlich aufgenommen und Maurizio klärte ihn auf, was sie mit mir vorhatten.
„So, du hast also einen Deal mit diesen Gaunern", gab er lachend von sich.
„Ist das schlimm", fragte ich zurück.
„Nein! War nur ein Scherz! Was treibst du so, wenn du nicht gerade dein Outfit erneuerst?"
„Nicht viel! Ich habe ein Haus geerbt. Die Hälfte eines Schlosses abgewiesen. Vor Monaten kam mein erstes Koch- und Backbuch heraus. Ich besitze ein gut gehendes Lokal mit Eistheke, inklusive Café und Cake to go. Mein Bed- und Breakfast für Geschäftsleute liegt etwas außerhalb. Vor einigen Tagen habe ich einen Ausbilderschein für Köche mit Bravour und Auszeichnung abgeschlossen. Des Weiteren bin ich

Sommelier und Patissier. Der Umbau für ein Hotel ist fast abgeschlossen und ich strebe meinen ersten Michelinstern an. Außerdem besitze ich einen eigenen Weinberg und ein Patent zur Veredlung von Weinstockreben. Meinen eigenen Weinberg vergesse ich immer zu erwähnen. Ach, Weinkönigin wurde ich auch noch. Nun später möchte ich noch als Weddingplanerin tätig werden. Mir fehlt nur noch das passende Objekt dafür. So ein kleines Schlösschen wäre gut."

David lachte los.

„Isabella und das nennst du nicht viel? Irgendwann wird es dir zuviel werden und dein Körper wird seinen Tribut fordern!"

Ich grinste.

„Diesen Zusammenbruch hatte ich vor ein paar Tagen und landete deswegen im Krankenhaus. Deshalb habe ich mir eine Auszeit auferlegt."

„Und wer führt dein Lokal?"

„Mein eingespieltes Team, auf das ich mich jederzeit verlassen kann. Zum Glück!"

„Dann scheinst du ein gutes Personal zu haben, denn heutzutage ist es ziemlich schwer sich darauf verlassen zu können. Komm mit! Wir machen einen Rundgang durch die Küche."

Ich war angenehm überrascht, denn diese Küche war mit hochwertigem Equipment ausgestattet.

Ich seufzte. Für mich noch ein langer Weg bis dahin.

„Isabella, was hältst du davon, mir einige Einblicke in deine Kochkünste zu geben?"

„Davide ich glaube kaum, dass ich mit dir mithalten kann."

„Völlig unwichtig. Ich habe auch klein angefangen. Nun komm schon. Was schlägst du vor?"

„Was hältst du von koreanischem Essen?"

„Okay! Überrasch mich!"

Schnell fand ich mich zurecht und dann zauberte ich ein herrliches Menü für uns vier.

Die Jungs waren mehr als angenehm überrascht und dann fragte mich Davide aus heiterem Himmel, ob ich in seiner nächsten Show zur Verfügung stehen könnte.

„Nicht dein Ernst jetzt?"

„Doch! Du könntest mir bei Gelegenheit eines deiner Bücher zukommen lassen."

„Du kannst es gleich bekommen! Ich habe eines dabei! Eigentlich war es für Maurizio und Giacomo gedacht. Sie bekommen es dann etwas später."

Ich wühlte in meinen Rucksack, zog es heraus und gab es Davide.

„Ich danke dir Isabella! Haben wir beide jetzt auch einen Deal?"

Ich lachte.

„Ja Davide, wir haben auch einen Deal."

Der Abend wurde noch sehr lustig und ich fühlte mich zum Ersten Mal seit Tagen, mehr als frei.

Weit nach Mitternacht gingen wir voll bepackt mit unzähligen Einkaufstüten und Kartons zurück.

Ich schrieb Enrico noch eine Mail, damit er beruhigt war und teilte ihm mit, was ich heute alles so erlebt hatte. Morgen wollte ich ihm genaueres berichten.

Ich wünschte meinen Gastgebern eine gute Nacht und kurz darauf war ich im Land der Träume versunken.

Neuer Tag, neues Glück!

Maurizio schleifte mich nach dem Frühstück in seinen Salon und drückte mich in einen der Stühle.

„So Isabella, nun sag mir, was du dir so vorgestellt hast. Vor allem, inwieweit ich deine Haare kürzen darf! Nicht das du mich hinterher erschlägst!"

„Maurizio, du hast freie Hand! Mach etwas draus! Ich vertraue dir voll und ganz!"

„Gut Isabella, du wirst danach wirklich wie ein Model aussehen. Giacomo wird dir dann Tipps geben, wie du dich mit deinem neuen Outfit in Szene setzen kannst. Ich werde jetzt den Spiegel mit einem Tuch abdecken und ihn nach deiner Umgestaltung wieder entfernen. Legen wir also los!"

Ich war so aufgeregt, dass ich Herzklopfen bekam.

Wie würde ich danach wohl aussehen?

Während meine Haare gewaschen, gekürzt und gefärbt wurden, verpasste man mir eine Maniküre.

Nach etlichen Stunden war ich endlich fertig und völlig durchgeschwitzt vor Aufregung.

„Bist du bereit?", fragte mich Maurizio.

Ich nickte.

Er nahm das Tuch vom Spiegel und ich kam aus dem Staunen nicht mehr heraus.

Mir kamen die Tränen, denn ich war fast nicht wieder zu erkennen.

„Zufrieden, Isabella? Ich denke, so wirst du Massimo zurückgewinnen."

„Mehr als das! Du hast nicht zuviel versprochen! Ob ich Massimo überhaupt noch möchte, liegt in der Zukunft. Ich danke dir Maurizio!"

„Giacomo war inzwischen zuhause und hat dir einige Outfits vom gestrigen Einkauf mitgebracht. Darf ich dir kurz Armando vorstellen? Er wird dein Makeup komplett auf deine Kleidung abstimmen und dir einige Schminktipps geben. Bist du bereit?"

Ich nickte.

„Ja! Hab ich jetzt auch mit ihm einen Deal?", fragte ich nach und grinste.

Armando lachte.

„Wenn du möchtest Isabella, dann sehr gerne! Du bist das perfekte Model für meine nächste Kollektion."

Inzwischen war Giacomo erschienen.

Maurizio brachte mich in sein Büro und dann zog ich mich um.

Giacomo gab mir noch einige Ratschläge.

Kurz darauf verließen wir den Salon, um zu Mittag zu essen.

Auf der Straße drehte sich jeder nach mir um.

Die Herren der Schöpfung pfiffen mir hinterher, was mir schon peinlich wurde.

Ich war froh, als wir endlich in Davides Restaurant ankamen.

Erleichtert ließ ich mich in einen der Stühle fallen.

Davide war von meinem Erscheinungsbild mehr als geflasht.

„Verdammt noch mal Isabella, siehst du gut aus. Deine Schönheit bringt Glanz in meine Hütte", gab er von sich.

„Danke! Ich habe tierischen Hunger, Davide!"

„Kommt sofort! Ich habe heute eines deiner Rezepte aus deinem Kochbuch auf die Speisekarte gesetzt und nachgekocht. Es fand reißenden Absatz unter meinen Gästen. Wie ich das sehe, ist dir ein Michelinstern so gut wie sicher und ich werde dich tatkräftig dabei unterstützen."

Fragend schaute ich ihn an.

„Wie?", hakte ich nach.

„Ich erkläre alles nach dem Essen. Jetzt lang zu und lass es dir schmecken", gab er zurück.

Mir schwirrte nur noch der Kopf und dann erklärte er mir, was er und die anderen, mit denen ich den Deal eingegangen war, ausgedacht hatten.

„Wichtig ist, wie lange du hier bleibst Isabella. Mein Ratschlag wäre ein Monat. Bis dahin haben wir alles organisiert. Wäre das für dich vertretbar? Außerdem würden wir gerne deinen Bruder kennen lernen. Maurizio hat mir von ihm erzählt. Ist das machbar?"

„Leute, was habt ihr vor? Klärt mich doch bitte auf!"

Davide räusperte sich.

„Isabella wir haben vor, dich mit einem Fernsehteam zurückzubegleiten und vor Ort eine Reportage zu machen. Ist das okay für dich?"

Ich schluckte.

„Ist das euer Ernst?"

Alle nickten und ich brach in Tränen aus.

„Nicht doch Isabella! Deine ganze Schminke verläuft!"

„Das ist mir gerade völlig egal. Ich danke euch", gab ich von mir und zog schniefend meine Nase hoch.

Am Abend informierte ich Enrico über den Plan und er war ebenfalls erstaunt.

„Das ist eine tolle Reklame für dich und dein Lokal, Isabella! Ich werde dir natürlich helfend beistehen und erscheinen! Bis in einem Monat! Ich freu mich schon auf dich!"

„Bis bald Enrico."

Nach diesem Gespräch informierte ich Aldo und auch er war begeistert.

„Isabella, du hast es dir redlich verdient. Fleiß muss einfach belohnt werden. Hier läuft alles wie immer. Bis bald. Dein Hotelumbau ist abgeschlossen und es fehlen nur noch die Möbel. Genieß deine Auszeit und erhole dich gut. Ich bin gespannt, wie du aussiehst!"

„Ihr werdet überrascht sein. Grüß mir alle."

Der Rest meines Aufenthaltes in Mailand verlief gut. Einige Paparazzi hatten spitz bekommen, wer sich hier bei den wichtigsten Stars von Mailand befand und es wurde täglich Jagd auf uns gemacht.

Tage später war ich in sämtlichen internationalen Zeitschriften abgebildet und man rätselte wer ich war. Ich wurde täglich verwöhnt, nahm an etlichen Partys teil und lernte einige bekannte Künstler kennen. Meine Gastgeber legten mir ganz Mailand zu Füßen und ich hatte in kürzester Zeit frische Energie aufgetankt. Inzwischen freute ich mich, bald wieder zuhause zu sein.

Dann war es soweit.

Anfang Juni fuhren wir mit einem Fernsehteam und meinen neu gewonnenen Freunden zurück.

Davide hatte alles organisiert und nur Aldo wusste darüber Bescheid.

Es gab nach meiner Rückkehr ein riesiges Hallo und Aldo hatte ein kaltes Buffet extra für uns vorbereitet.

Enrico war bereits vor Ort und kam aus dem Staunen über mein neues Outfit nicht mehr heraus. Auch die Anderen waren hellauf begeistert.

Ich wurde umarmt, geknuddelt und schon kamen mir wieder die Tränen.

Davide beglückwünschte mich zu meiner tollen Crew.

„Respekt Isabella! Du scheinst eine sehr gute Chefin zu sein. Klappt ja alles wie am Schnürchen in deinem Lokal ohne dein zutun. Du bist echt zu beneiden."

Aldo lachte.

„Wir würden Isabella auch gegen niemand anderen eintauschen wollen", erklärte er.

Nun musste ich nur noch alle irgendwo einquartieren.

Meine Angestellten erklärten sich bereit, einen Teil des Fernsehteams zu übernehmen und unterzubringen. Maurizio, Giacomo und Davide quartierte ich in meinem Bed- and Breakfast ein.

Armando konnte in meinem Gästezimmer schlafen

und Enrico nahm mit der Couch vorlieb.

Für den Rest musste ich mir etwas einfallen lassen.

Auch hier kam mir der Zufall zu Hilfe.

Massimo hatte wohl erfahren, was in meinem Lokal vor sich ging.

Ich stand gerade mit dem Rücken zur Tür, als ich die Stimme von Massimo vernahm.

Ich erschrak und vermied es mich umzudrehen.

Enrico grinste mich von der Seite an.

„Hallo Aldo, ist Isabella zurück? Ich muss dringend mit ihr reden. Wo ist sie?"

„Ja, sie ist wieder da! Sie steht neben Enrico."

Massimo schaute sich um.

„Wo? Ich sehe sie nicht! Neben Enrico steht jemand anderes! Isabella hat langes Haar."

„Nun lass ihn nicht so zappeln, Bella", flüsterte mir Enrico zu und stupste mich an.

„Jetzt nicht mehr Massimo. Ich trage sie jetzt kurz", gab ich von mir und drehte mich langsam um.

Massimo blickte mich erstaunt an.

„Isabella? Bist du es wirklich? Du hast dich komplett verändert! Mein Gott bist du hübsch! Ich habe dich nicht wieder erkannt. Nur an deiner Stimme."

Er eilte auf mich zu, zog mich ganz fest an sich und küsste mich.

Bestimmend schob ich ihn von mir.

„Danke für dein Kompliment. Du bist heute herzlich eingeladen mit uns zu feiern. Ich bin gerade frisch aus Mailand zurück."

Er runzelte die Stirn.

„Du warst in Mailand?"

Ich nickte.

„Ja, eine kleine Veränderung an mir vornehmen. Ich hoffe mein Erscheinungsbild findet Anklang bei dir.

Nun bin ich kein Elend mehr, dass ständig verschwitzt und ungepflegt ist. Darf ich dir meine früheren Freunde aus dem Internat vorstellen, die es in Mailand zu etwas gebracht haben und mich umstylten?"

Massimo blickte mich entsetzt an.

„Isabella, du warst für mich noch nie ein Elend und auch nicht ungepflegt. Wie ich bemerke, haben dich die damaligen Worte von Mariella extrem verletzt. Es tut mir leid."

„Vergiss es einfach! Setz dich und lass uns feiern", gab ich zurück.

Im Laufe des Abends wurde Massimo über alles eingeweiht. Er bot mir an, den Rest des Kamerateams für heute bei sich im Schloss unterzubringen. Morgen konnten alle bei ihm nächtigen.

Ich sagte zu.

Wenigstens dieses Problem war gelöst.

„Ich werde dir natürlich die Unterbringung bezahlen und danke dir ganz herzlich für deine Hilfe."

Er schüttelte den Kopf.

„Nein! Sieh es einfach als Entschädigung für Mariellas Verhalten, denn sie hat dir an diesem Abend extrem zugesetzt."

„Lass uns später diskutieren, Massimo! Genießen wir einfach nur diesen Abend."

Paolo hatte einige CDs mitgebracht.

Es wurde viel getanzt und ich wurde von Arm zu Arm weitergereicht.

Bis auf Massimo, hatte ich inzwischen alle Männer durch und er musste sich mit den Damen aus dem Kamerateam begnügen.

Natürlich floss wieder recht viel Alkohol.

Ich forderte eine Pause ein und verzog mich heimlich in den Biergarten. Erschöpft setzte ich mich auf einen der Stühle.

Der Himmel war sternenklar. Die Grillen zirpten und ich war froh, endlich wieder zuhause zu sein.

Ich schloss meine Augen und atmete tief durch.

Plötzlich wurde ich hochgerissen und mir hielt jemand den Mund zu.

Erst dachte ich an Massimo, als ich eine mir bekannte Stimme vernahm.

Ty!

„Endlich bist du zurück! Ich hätte dich fast nicht erkannt. Heiß siehst du aus! Hör mir jetzt genau zu, Isabella. Da es dir finanziell mehr als gut geht, fordere ich von dir Fünfzigtausend Euro bis Ende der Woche. Sieh es als Entschädigung, weil du mit mir Schluss gemacht hast. Solltest du dich weigern, werde ich dein Hotel abfackeln und dir das Leben zur Hölle machen! Du wirt das Geld hier im Garten deponieren. Keine Polizei! Hast du das kapiert? Ich nehme jetzt meine Hand weg. Wage nicht zu schreien, sonst ergeht es dir schlecht."

Ich nickte nur.

Er entfernte seine Hand.

„Wo soll ich das Geld deponieren?", fragte ich.

„Im Schuppen! Lass ihn an diesem Abend einfach offen stehen."

Ich nickte erneut.

Um seinen Worten Ausdruck zu verleihen, holte er aus und schlug mir wie früher ins Gesicht, dass meine Nase zu bluten anfing.

Ich stöhnte auf und er verschwand lautlos.

Nachdem ich ein paar Sekunden gewartet hatte, ging ich zurück ins Lokal und lief Massimo regelrecht in die Arme.

Erschrocken blickte er mich an.

„Was ist passiert, Bella? Wieso blutet deine Nase? Bist du gestürzt?"

Ich schüttelte vorsichtig den Kopf.

„Er ist wieder da!", gab ich von mir.

„Wer ist wieder da?", hakte er nach.

„Ty!"

„Was wollte er von dir?"

„Fünfzigtausend Euro als Entschädigung, weil ich ihn verlassen habe. Er braucht anscheinend Geld. Ich soll es bis zum Wochenende im Schuppen deponieren, sonst fackelt er mein Hotel ab. Keine Polizei. Wo soll ich das Geld so schnell herbekommen? Meine ganzen Ersparnisse stecken im Umbau", erklärte ich ihm.

Massimo nahm mich in den Arm und drückte mich ganz fest an sich.

Mir war nur noch nach heulen zumute und ich musste mich extrem zusammenreißen.

„Ich werde dir mit dem Betrag aushelfen, Bella. Es war das letzte Mal, dass er dich so zugerichtet hat. Du gehst jetzt zur Toilette und wischt dir das Blut aus dem Gesicht. Ich werde sofort ein Gespräch mit Enrico führen, denn du benötigst jetzt Schutz rund um die Uhr. Um Ty kümmere ich mich persönlich."

Seufzend löste ich mich aus Massimos Armen und eilte in die Toilette.

Im Spiegel sah ich dann das ganze Ausmaß von Tys brutalem Übergriff.

Ich war gerade dabei, mir das Blut aus dem Gesicht zu wischen, als Enrico hereinstürmte.

„Mein Gott, Bella! Geht es dir gut? Massimo hat gerade erzählt, was dir passiert ist! Das Fernsehteam ist auch informiert und alle werden ein Auge auf dich haben."

Ich nickte nur.

Nachdem ich mich gesäubert hatte, eilten wir zurück ins

Lokal, wo alle bereits auf mich warteten und mich mehr als betreten anblickten.

„Leute lasst uns feiern und nicht Trübsal blasen. Es wird sich alles in Wohlgefallen auflösen."

Der Rest des Abends verlief trotz des Vorfalls noch recht lustig.

Gegen zwei Uhr löste sich die Feier auf und jeder suchte seinen zugewiesenen Schlafplatz auf.

Massimo nahm einen Teil der Filmcrew mit zurück.

Giacomo, Maurizio und Davide folgten ihm mit dem Taxi zum Bed- and Breakfast.

Ich dankte Massimo, dass er mich unterstützte.

Er winkte ab.

„Kein Problem, Bella. Schlaf gut! Bis morgen."

Enrico und Armando hakten mich unter und brachten mich sicher nachhause.

Enrico schickte mich sofort zu Bett und kümmerte sich um Armando.

Ich musste trotz allem Elend lachen.

„Leute, macht doch nicht so viel Aufhebens um mich. Ich bin so etwas nicht gewohnt."

Armando wandte sich zu mir.

„Isabella sei still und nimm es einfach so hin, dass du in nächster Zeit von uns wie ein rohes Ei behandelt wirst. Massimo hat uns erzählt, dass dieser Typ dich schon mehrmals verprügelt hat. Er ist gefährlich und du solltest das nicht auf die leichte Schulter nehmen. Außerdem kommt es bei den Aufnahmen nicht gut rüber, wenn du mit Veilchen erscheinst. Ich bin zwar ein guter Visagist, aber bei bestimmten Sachen, muss auch ich das Handtuch werfen."

Ich lachte, legte mich zurück und schlief sofort ein.

„Enrico, kann ich mich hier irgendwo erfrischen?", fragte Armando.

Dieser nickte.

„Ja! Allerdings gibt es hier nur ein Badezimmer und dazu musst du durch das Schlafzimmer von Bella. Ist aber kein Problem. Sie sieht das extrem locker."

Armando grinste.

„Isabella sieht wohl einiges mehr als locker. Ich habe das bereits in Mailand feststellen können. Maurizio und Giacomo erzählten mir, dass sie schon früher im Internat etwas Besonderes war. Deine Schwester ist mehr als unglaublich. Bis morgen Enrico."

Dieser nickte nur und verzog sich ins Wohnzimmer auf die Couch.

Armando verschwand ins Badezimmer und erfrischte sich.

Ich wurde wieder einmal von Kaffeeduft geweckt.

Der gestrige Abend fiel mir wieder ein.

Meine Nase schmerzte noch etwas und ich stand auf, um mich zu duschen.

Ich zog meinen Schlafanzug aus und eilte ins Bad.

Dort stieß ich mit einem nackten Armando zusammen und erschrak.

„Sorry! Ich komme wieder, wenn du fertig bist", gab ich noch etwas verschlafen von mir und gähnte.

„Guten Morgen, Isabella! Bleib! Ich bin fertig! Wir sehen uns beim Frühstück wieder. Enrico ist bereits mit den Vorbereitungen beschäftigt. Ach übrigens, du hast eine tolle Figur", gab er von sich.

Ich nickte und ging nicht weiter darauf ein.

„Bis gleich!", antwortete ich.

Armando verschwand und ich grinste vor mich hin.

Früher hätte ich mich mehr als geschämt, wenn mich ein fremder Kerl nackt gesehen hätte.

Seid Mailand, dachte ich anders darüber und war etwas

lockerer geworden. Außerdem war Armando schwul. Also was sollte es.

Ich erfrischte mich, zog mich an und machte mich auf den Weg in die Küche.

Enrico wünschte mir einen guten Start in den Tag und ich nahm am Tisch Platz.

Wir besprachen kurz den Tagesablauf und Armando würde mich entsprechend für die Aufnahmen vor der Kamera schminken.

Er räusperte sich.

„Ich hoffe es ist dir recht, wenn ich dein Badezimmer mitnutze. Tut mir leid, dass du vorhin meinen nackten Anblick ertragen musstest."

Ich lachte.

„Kein Problem, ich lebe noch! Heute Nacht, hast du ein eigenes Bad in Massimos Residenz zur Verfügung. Da du eh eine andere Neigung hast, ist das irrelevant."

Enrico fing zu lachen an und blickte zwischen mir und Armando hin und her.

„Warum lachst du jetzt, Enrico! Was ist so lustig für dich?", hakte ich nach und schaute zu Armando, der ebenfalls grinste.

„Ich bin nicht schwul, Isabella! Tut mir leid, dass ich den Anschein bei dir erweckt habe. Ich bin hetero", gab er von sich.

Entsetzt riss ich die Augen auf und blickte Armando erschrocken an.

Enrico fiel vor lachen fast vom Stuhl.

„Mein Gott, Bella! Manchmal bist du echt komisch und extrem naiv", gab er glucksend von sich.

„Aber ich dachte.....", setze ich an und wurde von Armando unterbrochen.

„Isabella, nicht alle Künstler, Friseure und Designer aus der Modewelt sind schwul. Dieses Gerücht hält sich leider zu oft und ist ein Trugschluss."

Ich merkte, wie ich rot wurde und schlug die Hände vors Gesicht.

„Mein Gott, ist das peinlich!", entgegnete ich.

„Vergiss es! Du hast trotzdem einen makellosen und ansprechenden Körper. Selbst einige Models könnten sich ein Scheibchen von dir abschneiden. Wäre ich nicht bereits liiert, würde ich mich in dich verlieben. Und nun nimm endlich die Hände aus dem Gesicht", gab er ebenfalls lachend von sich.

Mir war der Appetit vergangen.

Ich stand auf und verschwand in den Garten.

Kurz darauf folgte mir Armando.

„Isabella, gut gemeinter Rat. Du solltest etwas essen, denn der Tag wird extrem stressig. Jetzt vergiss doch einfach die Situation im Badezimmer. Was war so schlimm daran? Ich sehe täglich nackte Models, die ich schminken muss und es ist für mich Normalität. Du siehst wie ein funkelnder Stern aus. Du bist einmalig! Vergiss das nicht, Isabella!"

„Was so schlimm daran für mich ist? Der Einzige, der mich bis jetzt so gesehen hat, ist Massimo! Ich bin es nicht gewohnt, mich jedem freizügig zu präsentieren!", erklärte ich ihm.

Armando zog mich an sich und strich mir über den Rücken.

„Es ist alles gut. Da du einen Deal mit Giacomo und Maurizio gemacht hast, wird es leider nicht ausbleiben, dass du dich etwas freizügiger zeigen musst. Gerade bei Giacomo, wenn du seine Kollektion präsentierst. Du musst auf alle Fälle in dieser Hinsicht noch lockerer werden. Beide sehen großes Potential in dir."

„Mein Gott, auf was habe ich mich nur eingelassen?"

„Bleib einfach nur ruhig und gelassen, es wird schon

werden. Vertrau uns einfach, Isabella."

Ich löste mich aus seinen Armen und nickte nur.

Kurze Zeit später machten wir uns auf den Weg ins Lokal, wo wir bereits erwartet wurden.

Der Verlauf wurde kurz besprochen und dann ging es los.

Zuerst wurden Fotos für bekannte Kochzeitschriften mit Enrico, Davide, Aldo und mir geschossen.

Dann folgten weitere Fotos zusammen mit mir, von Giacomo, Maurizio und Armando, für die Modewelt.

Die passenden Artikel dazu sollten später ergänzt werden.

Nach vier Stunden war ich völlig fertig, da ich mich dauerhaft umziehen musste und entsprechend gestylt wurde.

Ich bat um eine kurze Pause, die man mir gewährte.

Das Fernsehteam war mit mir mehr als zufrieden und entschloss sich, morgen mit der Reportage weiterzumachen.

Ich atmete erleichtert auf und bedankte mich für so viel Rücksichtsnahme.

Davide schritt auf mich zu.

„Isabella, du hast dich heute für einen Laien in diesem Bereich, mehr als gut gehalten. Ich sehe, dass du fix und fertig bist. Lass uns den Rest des Tages gemütlich ausklingen. Enrico, Aldo und meine Wenigkeit werden jetzt für die ganze Crew kochen. Du bleibst sitzen und rührst keinen Finger. Zuschauen ist jedoch erlaubt."

Ich nickte, stand auf, holte mir ein kühles Getränk, verzog mich in den Garten und setzte mich auf die Liege.

Erschöpft lehnte ich mich zurück und zog die Schuhe von den Füßen, die wie Feuer branden.

Langsam entspannte ich mich, wurde müde und dann

schien ich übergangslos eingeschlafen zu sein.
Wach wurde ich von anhaltendem Geschrei.
Ich schreckte hoch und sah Massimo und Enrico, die
Ty im Schwitzkasten hatten.
Bitte nicht schon wieder!
Mir wurde übel.
Was wenn er sich erneut angeschlichen und mich dann
verletzt hätte?
Ich stand auf und lief auf alle drei zu.
Enrico wandte sich mir zu.
„Bleib wo du bist, Isabella! Komm keinen Schritt näher!
Wir haben die Situation im Griff und sind in einer
halben Stunde zurück. Wir erklären dir später alles!"
Ich zitterte am ganzen Körper.
„Bitte macht nichts Unbedachtes!"
„Keine Angst, dass haben wir nicht vor. Bis später."
Mit diesen Worten verschwanden sie.
Völlig entnervt eilte ich ins Lokal, wo ich von allen
bestürmt wurde, ob es mir auch gut ginge.
Ich nickte.
Aldo wandte sich an mich.
„Principessa, du kannst froh sein, dass Massimo nach
dir sehen wollte und deinen Exlover dabei erwischte,
wie er sich an dich anschlich. Nicht auszudenken, was
alles hätte passieren können! Massimo reagierte sofort
und nahm ihn in die Zange. Enrico war ihm gefolgt und
half ihm. Massimo führte ein kurzes Gespräch mit
Berlotini und ich denke, sie sind jetzt auf dem Weg zu
ihm. Das weitere wird dir Massimo erklären. Jetzt setz
dich erstmal und beruhige dich."
Sekunden später stellte er mir eine Flasche Schnaps und
ein Glas auf den Tisch.
„Den hast du dir jetzt verdient, Bella!"
Ich grinste und schob das Glas zur Seite.

Alle blickten mich fragend an.

„Glas völlig überflüssig. Ich trinke aus der Flasche", warf ich in die Runde und setzte es in die Tat um.

Als ich die Flasche absetzte war sie halb leer und ich bemerkte die Wirkung.

Das Zeug stieg mir bereits zu Kopf.

„Verflucht Isabella, dass ist absolut keine gute Idee und schon gar keine Lösung!", schnauzte mich Davide an.

Ich schaute ihn an.

„Für mich im Moment allerdings schon, Davide! Lass mich in Ruhe, denn ich entscheide selbst was gut für mich ist oder nicht. Ich brauch das jetzt", blaffte ich zurück und griff erneut zur Flasche.

Bevor Davide reagieren konnte, hatte ich diese geleert und grinste ihn erneut an.

Die Wirkung ließ nicht lange auf sich warten und mir wurde kotzübel.

Davide und Armando brachten mich zur Toilette, wo ich alles wieder von mir gab.

Danach verfrachteten sie mich nach draußen auf die Liege.

„Schlaf etwas. Vielleicht fühlst du dich danach besser! Ich bring dir sofort einen Eimer, falls du dich erneut übergeben musst. In der Zwischenzeit bereiten wir das Essen zu", gab Davide von sich.

Ich stöhnte und schloss die Augen.

Als Davide zurückkam, war Isabella bereits im Land der Träume versunken.

Lächelnd stellte er den Eimer neben die Liege.

Sie war wirklich eine außergewöhnliche Frau und er hoffte, dass sie in der Zukunft glücklich wurde.

Er eilte in die Küche zurück und kreierte mit Aldo ein köstliches Essen.

Eine Stunde später erschienen Massimo und Enrico.
Beide blickten sich um.
„Wo ist Isabella?", fragte Enrico.
„Im Garten und schläft! Allerdings stockbesoffen! Sie hat sich nach dem Vorfall eine ganze Flasche Schnaps einverleibt und sich danach fürchterlich übergeben. Lasst sie schlafen."
Enrico wandte sich an Massimo.
„Das ist jetzt dein Part! Kümmere dich um sie und klär sie auf, was das Thema Ty betrifft!"
Massimo nickte und verschwand nach draußen, wo er Isabella schlafend vorfand.
Er schnappte sich einen Stuhl, setzte sich zu ihr, nahm eine ihrer Hände in seine und studierte sie genau.
Nach ihrer kompletten Umstylung in Mailand, war sie noch hübscher geworden.
Er bereute, dass er sie in der Vergangenheit so extrem vernachlässigt hatte. Ihm wurde gerade bewusst, dass es sehr schwer werden würde, sie wieder für sich zu gewinnen.
Zwei Stunden später rief ihn Davide zum Essen.
„Wie geht es Isabella?", fragte er nach.
„Sie schläft noch. Sicher wacht sie bald auf", erklärte ihm Massimo.
Während alle am Tisch saßen erschien Isabella.
Sie blickte völlig verpeilt in die Runde.
Massimo erhob sich und führte sie zum Tisch.
„Wie geht es dir, Bella?"
„Nicht so prickelnd. Ich habe wohl doch zu tief ins Glas geguckt."
Davide drehte sich lachend zu ihr.
„Glas? Du hast anscheinend vergessen, dass du eine Flasche Schnaps weggeext hast. Danach hast du alles wieder von dir gegeben. Hast du Hunger? Falls ja, habe

ich dir vorsorglich etwas Leichtes gekocht."

Ich grinste ihn an.

„Überrasch mich, Davide", gab ich zurück.

Er verschwand und kam wieder mit einem vollen Teller Suppe zurück.

„Iss langsam und lass es dir schmecken."

„Werde ich. Danke."

Nach dem Essen setzte ich mich in den Garten. Massimo folgte mir und nahm auf einem der Stühle Platz.

Ich schaute ihn durchdringend an.

„Was habt ihr mit Ty gemacht?"

„Nichts, Isabella! Ich habe ihm heute einen Scheck über fünfzigtausend Euro ausgestellt. Er wird dich ab jetzt in Ruhe lassen."

Ich lachte auf.

„Und auf diesen Trick bist du hereingefallen? Du glaubst doch nicht wirklich, dass er sein Versprechen einhält? Sobald er das Geld durchgebracht hat, wird er wieder erscheinen"

„Wird er nicht! Er hat kooperiert und bei Berlotini eine Vereinbarung unterschrieben. Sollte er sich dir noch einmal annähern, landet er im Knast. Du kannst also in Zukunft beruhigt schlafen."

Ich schluckte.

„Ich danke dir, Massimo! Das Geld bekommst du von mir wieder zurückerstattet. Mit Zins und Zinseszins. Was hätte ich nur ohne deine Hilfe nur gemacht."

Massimo lächelte mich an.

„Mach dir im Moment darüber keinen Kopf und versprich mir, dass du nicht mehr soviel trinkst. Du solltest dich jetzt auf deine Karriere konzentrieren und dich darüber freuen, was du bisher geschafft hast. Nicht jeder hat mit achtundzwanzig Jahren schon so viel auf die Beine gestellt. Wie ich hörte, strebst du ein neues Projekt an. Du hast vor Weddingplanerin zu werden und suchst nach einem geeigneten Objekt."

„Ja, aber das liegt noch in weiter Ferne. Jetzt muss ich erstmal mein Hotel in Schwung bringen und in den nächsten Wochen mit Möbeln ausstatten. Die Ferien stehen vor der Tür und ich habe noch keinen Plan in dieser Richtung erstellt."

„Isabella, auch das bekommst du in den Griff. Ich werde dir dabei tatkräftig zur Seite stehen. Vertrau mir nur dieses eine Mal."

„Vertrauen? Massimo, dass muss sich erst verdient werden und du hast mich mehrmals enttäuscht!"

„Dann gib mir die Chance, mich zu beweisen!"

„Ich werde es überdenken, Massimo."

Gegen Mitternacht verschwanden alle Anwesenden in ihre zugeteilten Quartiere.

Zum Glück hatte ich mein Haus wieder für mich allein und Enrico brachte mich sicher nachhause.

Ich duschte schnell und verschwand dann in mein Bett.

Enrico weckte mich am nächsten Tag recht unsanft.

„Bella! Du musst aufstehen! Davide hat angerufen! Sie warten schon alle auf dich."

„Lass mich in Ruhe, ich bin müde und mir ist nicht nach filmen", gab ich von mir und schlug nach ihm.

„Nicht dein Ernst, Isabella! Hättest du gestern nicht unkontrolliert gesoffen, ginge es dir nicht so schlecht! Jetzt reiß dich zusammen! Steh auf!", brüllte er mich an.

Ich ignorierte ihn und drehte mich um.

„Okay, du wolltest es nicht anders", gab er von sich.

Einige Sekunden später hatte ich eine Ladung Wasser im Gesicht.

Ich schrie auf und schoss prustend hoch.

„Enrico, du Idiot!"

Er lachte.

„Zumindest bist du jetzt wach! Raus aus den Federn, dass Team wartet. Frühstück steht am Tisch. Zieh dich an!"

Ich frühstückte im Schnellgang und beeilte mich dann ins Lokal zu kommen.

Davide durchlöcherte mich mit Blicken und lachte dann los.

„Mein Gott, Isabella! Du siehst völlig verhaut aus! Was ist mit deinen Haaren passiert? Völlig nass!"

„Das war Enrico der Vollidiot! Er meinte mich mit Wasser wecken zu müssen", giftete ich in dessen Richtung.

„Nun zumindest hat er Erfolg gehabt", gab Davide lachend zurück.

Maurizio hatte sofort einen Fön parat und dann stylte man mich für das Interview auf.

Mir war überhaupt nicht danach. Mein Kopf drohte zu platzen und ich fühlte mich gar nicht gut.

„Augen zu und einfach durch", gab Maurizio mir den Ratschlag.

„Leute, was muss ich überhaupt tun?"

„Nicht viel, Isabella. Du bekommst ein paar Fragen gestellt und antwortest darauf, während wir drehen. Du musst nicht in Panik auszubrechen. Es wird alles noch mal gesichtet und geschnitten. Also bleib einfach locker. Am Ende sind wir alle noch mal zu sehen. Auch deine Crew."

Ich nickte.

Inzwischen war Massimo eingetroffen und drückte mir die Daumen.

Der Dreh war recht simpel und mir machte es sogar Spaß.

Kurz vor Schluss stürmte plötzlich Mariella ins Lokal und machte wieder eine ihrer berühmten Szenen. Als sie Massimo erblickte rastete sie vollkommen aus. Sie dachte wohl, dass alles live übertragen wurde und schon legte sie los.

„Wissen deine Zuschauer eigentlich, was für eine Bitch du bist? Verlogen, berechnend und schamlos. Mir hast du den Freund ausgespannt, du Miststück!"

Massimo wollte dazwischen, doch Davide hielt ihn am Arm zurück.

„Lass sie reden, es geht nicht viral und so erfährst du endlich, was sie dauerhaft dazu veranlasst, Isabella ständig anzugreifen."

Massimo nickte.

Mariella keifte weiter in die Kamera und deutete auf Isabella, die wie erstarrt da stand und sich nicht rührte.

„Dieses Individuum hat sich von ihm schwängern lassen, um sein Schloss zu ergaunern und ist dann von einem Tag auf den anderen verschwunden. Als sie zurückkam, stellte sich heraus, dass sie das Kind von ihm getötet hatte. Sie ist eine Mörderin! Das ist das wahre Gesicht dieser Frau."

Enrico hatte sich das ganze Schauspiel angesehen und immer einen Blick auf Bella geworfen. Diese wurde gerade kreidebleich und ihm reichte es jetzt.

Energisch ging er dazwischen und zog Mariella nach draußen, die wie eine Irre um sich schlug.

Massimo war ihm gefolgt.

Enrico blickte ihn an.

„Massimo mir reicht es jetzt! Nimm dieses Flittchen und mach dich vom Acker! Ich geh wieder zurück und kümmere mich um Isabella. Sieh sah gar nicht gut aus und ich befürchte, dass sie umkippt."

Massimo nickte, rief ein Taxi und fuhr mit Mariella weg.

Enrico eilte zurück und stellte fest, dass Isabella nicht mehr vor Ort war.

Auf Nachfrage, wo sie sich befand, teilte ihm Davide mit, dass sie völlig verstört in den Garten gerannt war.

Er schaute nach ihr und fand den Garten leer vor.

Sie war regelrecht geflüchtet.

Nachdenklich eilte er ins Lokal zurück, wo alle ihn fragend anschauten.

„Sie ist verschwunden und ich hoffe sie macht keine Dummheiten."

Davide wollte wissen, was es mit dieser Anschuldigung von Mariella auf sich hatte.

Enrico klärte alle auf, dass sie tatsächlich von Massimo schwanger gewesen war, aber das Baby bei einem Unfall im Weinberg verloren hatte. Sie wurde deshalb im Krankenhaus zwei Monate ruhig gestellt, weil sie es nicht verarbeiten konnte.

Er erzählt ihnen auch die ganze Familiengeschichte.

Danach waren alle mehr als betreten.

„Wie es scheint, hat Isabella schon einiges hinter sich und dennoch hält sie an Massimo fest. Sie scheint ihn wirklich sehr gerne zu haben, auch wenn er sie immer wieder verletzt", gab Davide von sich.

Maurizio drängte zu Aufbruch.

„Leute, wir sollten nach Isabella so schnell wie es geht suchen. Enrico weißt du, ob sie einen Platz hat, wo sie bei Problemen Schutz sucht?"

Dieser schüttelte den Kopf.

„Tut mir leid, ich habe keine Ahnung. Fangen wir doch mit der Suche in ihrem Hotel an. Vielleicht haben wir Glück."

Und da fanden sie auch Isabella.

Sie saß am Boden, heulte vor sich hin und zeichnete für jedes Zimmer die Einrichtung auf ein Blatt.

Enrico stürmte auf sie zu, riss sie hoch und drückte sie ganz fest an sich.

„Gott sei Dank, Isabella! Jag mir nie wieder so einen Schrecken ein! Wir haben schon das Schlimmste in Erwägung gezogen."

Ich zog schniefend meine Nase hoch und bat Enrico mich nachhause zu bringen.

Er nickte, nahm mich an die Hand und verließ mit mir das Hotel.

Der Rest der Truppe folgte.

Isabella war emotional so aufgewühlt, dass sie auf dem Nachhauseweg immer wieder in Tränen ausbrach.

Enrico nahm sie auf seine Arme und trug sie zurück. Behutsam legte er sie auf ihrem Bett ab, deckte sie zu und kochte ihr einen Beruhigungstee.

Davide war ihm gefolgt und teilte ihm mit, dass sie das Interview auf später verschieben würden.

„Enrico, kümmere dich gut um Isabella. Wir sehen uns morgen. Ich geh ins Lokal zurück. Heute bin ich derjenige, der einen Schnaps vertragen kann."

Eine Stunde später klingelte es an der Haustür. Enrico öffnete und sah sich Massimo gegenüber, der ihn um ein Gespräch bat.

„Komm rein!", gab er von sich.

„Wie geht es Isabella?"

„Nicht so prickelnd, Massimo! Sie ist völlig neben der Spur und nur am heulen. Im Moment schläft sie. Was willst du mit mir bereden?", hakte er nach.

„Ich habe Mariella nachhause gebracht und ein langes Gespräch mit ihren Eltern geführt. Sie sind sehr bestürzt darüber, was sie Isabella angetan hat. Ich hab sie darum gebeten, ihr klarzumachen, dass ich an ihr nicht interessiert bin. Sie haben mir versprochen sich darum zu kümmern und sie von mir fernzuhalten", erklärte er.

„Okay, Massimo. Hoffen wir das Beste. Möchtest du ein Glas Wein mit mir trinken? Ich denke wir können das jetzt vertragen."

Er nickte.

„Enrico, darf ich nach Isabella sehen? Und kann ich die Nacht eventuell hier verbringen?", fragte er.

„Ja, du kennst ja den Weg. Sei aber leise und lass sie schlafen."

Grinsend eilte er in die Küche und holte eine Flasche Wein und Gläser.

Beide Männer machten sich einen gemütlichen Abend und Massimo hatte einiges mit Enrico zu bereden.

Stunden später wütete ein heftiges Gewitter und dann stand plötzlich Isabella im Raum.

Sie zitterte am ganzen Körper und flüchtete sich zu beiden Männern auf die Couch.

„Kann ich hier bleiben?", fragte sie verstört nach und klammerte sich an Massimo.

Enrico grinste Massimo süffisant an.

„Massimo, das ist wohl jetzt erneut dein Part. Falls sie es duldet, solltest du heute Nacht bei ihr schlafen. Du bist nun mal derjenige, der sie bei Gewitter beruhigen kann. Sie hängt ja jetzt schon wie ein Äffchen an dir. Tu dein Bestes."

Massimo trank sein Glas Wein aus, stand auf, hob sie hoch, verschwand mit ihr ins Schlafzimmer und legte sie behutsam auf dem Bett ab.

Danach legte er sich zu ihr und zog sie in seine Arme.

Ein wohliges Gefühl durchströmte seinen Körper und er war froh, sieh wieder in seinen Armen spüren zu dürfen.

Enrico der eine Stunde später nach beiden schaute, grinste wieder einmal vor sich hin, um dann ebenfalls schlafen zu gehen.

Es war bereits hell, als ich erwachte.
Ich drehte mich um und realisierte, dass noch jemand mit dem Rücken zu mir lag.
Der gestrige Tag kam mir in den Sinn und diese miese Aktion von Mariella. Ich konnte mich nur noch daran erinnern, dass Enrico mich aus dem Hotel holte und nachhause brachte. In der Nacht hatte es wieder einmal ein heftiges Gewitter gegeben und ich hatte mich ins Wohnzimmer geflüchtet. Außer Enrico war noch Massimo anwesend, an den ich mich klammerte. Sollte er es etwa gewagt haben, die Nacht mit mir im selben Bett verbracht zu haben?
Vorsichtig setzte ich mich hoch und riskierte einen Blick.
Tatsächlich lag er neben mir und schlief noch tief und fest.
Ich stand auf und traf Enrico in der Küche, der mich frech angrinste.
„Na, Isabella? Hast du gut geschlafen? Das Gewitter hat dich wieder einmal panisch werden lassen. Zum Glück war Massimo vor Ort und hat dich beruhigen können. Wo ist er eigentlich?", fragte er nach.
„Er schläft noch. Warum fragst du? Müssten wir nicht schon zu Aufnahmen im Lokal sein?"
Enrico schüttelte den Kopf.
„Nein! Es fällt heute aus. Davide hat angeordnet, dass du dich gründlich ausschlafen sollst. Ich besorge für den heutigen Abend etwas Grillgut. Aldo, Davide und ich werden euch alle kulinarisch verwöhnen. Kann ich dich mit Massimo ein paar Stunden alleine lassen oder reißt du ihm den Kopf ab?"
„Idiot! Ich leg mich noch etwas hin und werde ihn so

gut es geht verschonen. Du kannst beruhigt einkaufen.
Besorge mir bitte aus der Apotheke etwas gegen meine
Kopfschmerzen. Jetzt verschwinde!"
„Schön artig sein, Isabella und lass deine Finger von
Massimo!"
Ich zeigte ihm den Stinkefinger, drehte mich um und
verschwand im Schlafzimmer.
Hinter mir hörte ich Enrico schallend lachen und ich
musste grinsen.
Vorsichtig legte ich mich zu Massimo ins Bett,
kuschelte mich an ihn und war Minuten später wieder
eingeschlafen.
Ich wachte auf, als mich jemand dauerhaft anstupste.
Es war Massimo.
„Isabella, du solltest aufwachen. Es ist bereits später
Nachmittag. Wie fühlst du dich? Geht es dir gut?"
Ich setzte mich hoch.
„Außer etwas Kopfschmerzen geht es mir bestens",
erklärte ich ihm.
„Enrico war vorhin hier und hat dir Schmerztabletten
gebracht. Wir sollen in zwei Stunden im Lokal sein. Es
gibt einen Grillabend für alle."
„Ich weiß, denn ich war schon einmal wach und er hat
es mir gesagt."
„Isabella, bist du denn nicht sauer, dass ich in deinem
Bett lag? Willst du mir keine Szene machen?"
Ich schüttelte den Kopf.
„Nein! Warum sollte ich! Dazu besteht kein Anlass! Ich
geh jetzt duschen. Wenn du Lust hast, kannst du mich
begleiten."
„Danke, aber ich werde dies nach dir tun. Geh schon
mal vor und beeil dich etwas."
Ich grinste in mich hinein und verschwand ins Bad.
Dreißig Minuten später war ich einigermaßen fit und

eilte ins Schlafzimmer zurück.

Massimo war nicht mehr vor Ort und ich ging davon aus, dass er für uns beide einen Kaffee kochte.

Nackt wie ich war, machte ich mich auf den Weg in die Küche, wo ich ihn antraf.

Erstaunt blickte er mich an.

„Ich geh jetzt duschen, Isabella. Frischer Kaffee ist in der Kanne."

So wie es aussah, hatte er sich gut unter Kontrolle, denn er rührte mich nicht an.

Etwas enttäuscht ging ich ins Schlafzimmer zurück, zog mich an und trank dann in der Küche eine Tasse Kaffee.

Kurze Zeit später erschien Massimo und tat es mir gleich.

Schweigend saßen wir uns am Tisch gegenüber, bis er die Stille durchbrach.

„Hast du schon Möbel für dein neues Hotel? In welche Stilrichtung willst du es bestücken?"

Ich schüttelte den Kopf.

„Nein! Ich habe noch keine Möbel. Stilrichtung ist egal. Kann ruhig kunterbunt sein. Ich bin da flexibel. Warum fragst du?"

Er räusperte sich.

„Nonna hat mich gebeten dich zu fragen. Aldo hat ihr wohl erzählt, was du auf die Beine gestellt hast. Sie hat im oberen Stockwerk noch einige ungenutzte Möbel und würde sie dir kostenlos zur Verfügung stellen. Sie nutzt sie nicht mehr und es wäre schade darum, wenn sie verrotten würden. Sie bittet dich in den nächsten Tagen vorbeizuschauen, damit du dir etwas aussuchst. Sie und Maria vermissen dich außerdem. Bist du damit einverstanden?"

„Richte ihr und Maria liebe Grüße aus und ich nehme

ihr Angebot gerne an. Sie soll mir sagen, wann es ihr zeitlich passt. Jetzt lass uns ins Lokal zum Feiern."

Kurz darauf trafen wir ein und Davide war schon fleißig am grillen.

Enrico grinste uns beide an.

„Na, ihr Turteltäubchen! Ich hoffe ihr habt die Zeit alleine gut genutzt."

„Enrico, halt deine Klappe! Es ist nichts passiert!"

„Noch nicht, Isabella. Noch nicht!", gab er zurück.

Davide der unser Gespräch verfolgt hatte lachte.

„Jetzt hört auf und esst endlich!"

Ich schnappte mir einen Teller, befüllte ihn reichlich und verzog mich an einen der Tische. Mit Heißhunger fiel ich über das Steak her.

Massimo gesellte sich zu mir und wünschte mir einen guten Appetit.

Nach dem Essen bat er mich um ein Gespräch, indem er mir erklärte, dass Mariella mich ab jetzt nicht mehr belästigen würde. Er hatte ein ernstes Wort mit ihren Eltern geführt und ihnen alles erzählt. Sie waren mehr als entsetzt darüber gewesen und entschuldigten sich bei mir wegen ihrem Verhalten.

Im Stillen fragte ich mich, ob sie auch ihn in Zukunft zufrieden lassen würde.

Gegen dreiundzwanzig Uhr verabschiedete ich mich.

Auf Nachfrage, warum ich schon ging, erklärte ich, dass ich morgen einen klaren Kopf behalten musste.

Massimo begleitete mich noch und ich war mehr als froh darüber, denn es kam erneut ein Gewitter auf.

Aus der Ferne hörte man bereits Donnergrollen.

Ich verkrallte mich regelrecht in seinen Arm.

„Massimo, ich bekomme gerade Panik. Würdest du noch mal bei mir übernachten?"

Er nickte und ich war erleichtert.

Nachdem wir bei mir angekommen waren, entkleidete ich mich und verschwand unter die Dusche.

Kurze Zeit später gesellte sich Massimo an meine Seite und grinste mich an, als ich erschrak.

„Bleib ruhig! Ich hege keine Hintergedanken! Lass uns einfach duschen und dann zu Bett gehen", gab er von sich.

Sein nackter Anblick ließ mich nicht kalt und mir wurde heiß und kalt gleichzeitig.

Mein Herzschlag erhöhte sich, ich stöhnte kurz auf und drehte ihm den Rücken zu.

„Isabella? Ist alles okay bei dir? Was hast du?", fragte er mich und berührte meine Schultern.

Ich musste hier sofort raus, sonst konnte ich für nichts mehr garantieren.

„Es ist alles okay, aber ich verschwinde jetzt. Du weißt doch das Gewitter und meine Angst, dass der Blitz hier einschlägt", erklärte ich ihm.

Schnell wusch ich die Seife von meinem Körper, stieg aus der Dusche und verschwand so wie ich war ins Schlafzimmer. Dort holte ich mir ein Laken, wickelte es um mich und verschwand ins Wohnzimmer, um es mir auf der Couch gemütlich zu machen.

Die Berührung von Massimo hatte mich völlig in ein Gefühlschaos gestürzt.

In der Nähe schien ein Blitz eingeschlagen zu haben und ich drückte mich in die äußerste Ecke der Couch.

Massimo grinste vor sich hin, als Isabella fluchtartig die Dusche verlassen hatte.

Ihm war nicht entgangen, dass sie sichtlich erregt war.

Als er ihre Schultern berührte, verließ sie panisch den Raum.

Er war ihr also nicht ganz egal.

Nur würde er sie ohne ihre Erlaubnis nicht anrühren. Er duschte sich ebenfalls ab, stieg aus der Dusche und griff sich ein Badelaken, das er leger um seine Hüften wickelte.

Im Schlafzimmer fand er Isabella nicht vor und ging davon aus, dass sie in der Küche war.

Allerdings hatte sie sich ins Wohnzimmer verzogen und saß zusammengekauert in der äußersten Ecke der Couch.

Bei jedem Donnerschlag zuckte sie zusammen.

Massimo gesellte sich zu ihr und zog sie fest in seine Arme.

Isabella schien regelrecht darauf gewartet zu haben, denn sie schmiegte sich ganz nah an ihn und war wie immer bei diesem Wetter nicht ansprechbar.

Das Unwetter wurde heftiger und Isabella immer unruhiger. Zum Glück war kein Vollmond.

Massimo fing zu frösteln an, nahm sich eine Decke von der Couch und breitete diese über sich und Bella aus.

Nach einer Stunde ließ das Gewitter nach und Bella schlief endlich ein.

Massimo stand auf und kochte sich einen Kaffee, als Enrico zurückkam.

„Hallo, Massimo! Schön, dass du bei Isabella geblieben bist. Wie geht es ihr? Leider war es mir nicht möglich bei diesem heftigen Unwetter früher zu kommen."

„Alles gut! Wir haben zusammen geduscht. Allerdings ist nichts dabei passiert. Sie wurde wie immer bei so einem Wetter völlig hysterisch und ist geflüchtet. Ich fand sie zusammengekauert auf der Couch. Sie schläft jetzt."

„So, es ist also beim gemeinsamen duschen diesmal nichts passiert", gab er lachend von sich.

„Nein! Ich konnte sie ganz normal beruhigen und ich

werde Isabella ohne ihr Einverständnis nicht anrühren, so schwer es mir auch fällt", erklärte er ihm.

„Mal ernsthaft jetzt, Massimo! Wie stehst du zu ihr? Was hast du mit ihr vor? Ich mache mir darüber die ganze Zeit so meine Gedanken."

„Ich möchte Bella gerne heiraten, denn ich liebe sie und habe einiges gutzumachen. Nur weiß ich nicht, wie sie zurzeit zu mir steht. Leider habe ich mir alles verscherzt und muss ihr Vertrauen zurückgewinnen. Wird wohl ein weiter Weg bis dahin."

„Ich denke, sie wird nicht abgeneigt sein, deine Frau zu werden. Die letzten Wochen konnte ich sie etwas intensiver beobachten in Bezug auf dich. Auch wenn sie dir die kalte Schulter zeigt, scheint sie dich zu mögen. Sie sucht regelrecht deine Nähe. Lass ihr die Zeit, sich wieder an dich anzunähern", gab er ihm den Ratschlag.

Massimo nickte und trank seinen Kaffee aus.

„Ich verzieh mich mit Bella ins Schlafzimmer. Das Unwetter kehrt zurück und sie wird erneut Schutz bei mir suchen. Gute Nacht, Enrico."

„Gute Nacht, Massimo. Ich wecke euch morgen früh und bereite ein Frühstück für uns vor."

Enrico verschwand ins Gästezimmer und Massimo hob Isabella vorsichtig von der Couch, um sie ins Schlafzimmer zu bringen.

Behutsam legte er sie auf dem Bett ab. Im gleichen Augenblick löste sich ihr Laken und er hatte freie Sicht auf ihren nackten Körper.

Ihm wurde gerade ganz anders und in seiner unteren Region geriet einiges in Bewegung.

„Verdammt, Isabella! Ich weiß nicht, wie lange ich das noch aushalten kann! Dein Anblick macht mich mehr als wahnsinnig. Wann öffnest du endlich dein Herz für mich?", gab er leise von sich und deckte sie zu.

Er war völlig aufgewühlt, verschwand im Badezimmer und duschte kalt.

Danach trocknete er sich ab und legte sich zu Bella, die sich sofort an ihn schmiegte.

Trotz des heftigen Unwetters verlief die Nacht für alle ruhig.

Enrico weckte Massimo am frühen Morgen.

Dieser erhob sich vorsichtig, um Isabella nicht zu wecken.

„Lassen wir sie noch etwas schlafen. Ihr Tag wird heute extrem stressig. Die Reportage muss beendet werden und dann steht noch die Einrichtung für das neue Hotel an. Ich werde ihr helfen. Nonna hat noch einige Möbelstücke, die sie an Isabella abgibt. Bella weiß bereits Bescheid. Nach dem Frühstück fahr ich ins Schloss zurück und mache einen Termin für Isabella aus, damit sie die Möbel so schnell wie möglich begutachten kann. Es reicht, wenn du sie in einer Stunde weckst. Ich komme dann später ins Lokal dazu und helfe Isabella dabei die jeweiligen Artikel für die Zeitschriften zu verfassen."

Enrico nickte.

„Wie ich sehe hast du das Regiment in Bezug auf Bella übernommen. Somit kann ich am Wochenende getrost nach Korea fliegen. Sie ist bei dir in guten Händen. Nun lass uns frühstücken."

Beide Männer unterhielten sich über alles Mögliche und dann machte Massimo sich auf den Weg.

Enrico setzte frischen Kaffee auf und bereitete für Isabella ein frisches Frühstück vor, als diese plötzlich in der Küche auftauchte.

„Guten Morgen, Enrico! Warum hast du mich nicht geweckt? Wo ist Massimo? Das war ja heute Nacht ein schreckliches Gewitter und ich war wirklich froh, dass er hier übernachtet hat!"

„Massimo ist nachhause gefahren, um einen Termin für dich mit Nonna auszumachen. Er kommt später ins Lokal nach und hilft dir bei den Artikeln für die Zeitschriften. Heute haben wir noch mal einen harten Tag. Das Probekochen steht noch aus und dann hast du endlich deine Ruhe. Ich fliege am Wochenende nach Korea zurück und gebe dich in die Obhut von Massimo. Vertrag dich mit ihm."

Ich lachte.

„Werde ich wohl müssen. Ganz im Vertrauen Enrico, ich mag diesen Wirrkopf. Vielleicht kommen wir uns wieder näher.

„Warum der plötzliche Sinneswandel, Bella. Was geht in deinem hübschen Kopf vor sich?", wollte er von mir wissen.

„Nichts, Enrico! Nichts!"

Keiner der beiden Männer wusste, dass ich heute Nacht gehört hatte. Ich konnte mich genau an die Worte von Massimo erinnern.... *Verdammt, Isabella! Ich weiß nicht, wie lange ich das noch aushalten kann! Dein Anblick macht mich mehr als wahnsinnig. Wann öffnest du endlich dein Herz für mich.*

Ich würde es ihm öffnen. Allerdings zum richtigen Zeitpunkt.

Nach dem Frühstück machte ich mich mit Enrico auf den Weg ins Lokal. Ich hatte vorsorglich einige meiner neuen Outfits eingepackt.

Sicher musste ich mich ein paar Mal umziehen.

Die Mannschaft empfing mich mit einem Hallo und Davide kam auf mich zu.

„Guten Morgen, Isabella. Ich hoffe du bist extrem gut aufgelegt. Heute ist unser letzter Tag. Jeder wird ein

Gericht kochen, was er am besten kann. Wir werden einen Riesenerfolg verzeichnen.
Davide, Enrico, Aldo und ich sprachen uns schnell ab, was wir auf den Tisch zaubern wollten.
Aldo würde eine eigens kreierte Pizza herstellen.
Enrico ein typisches koreanisches Essen.
Davide ein amerikanisches und ich ein deutsches.
Maurizio schminkte uns filmtauglich und dann ging es los.
Sechs Stunden standen wir in der Küche, um für das Publikum unsere Gerichte zu präsentieren.
Endlich war der Dreh fertig.
Ich war schweißgebadet und ließ mich erschöpft auf einen der Stühle fallen.
Davide beglückwünschte alle und lud zum Verzehr der gefertigten Speisen ein.
Schnell war der Tisch eingedeckt und wir stürzten uns über das Essen.
Inzwischen war Massimo eingetroffen und gesellte sich zu uns.
„Nonna hat mir einen Termin zum Besichtigen der Möbel gegeben. Sie würde sie dir gerne am Sonntag zeigen und freut sich schon auf dich. Wir beide sind zum Kaffeetrinken eingeladen. Ist dir das recht?"
Ich nickte.
„Enrico fliegt am Samstag zurück. Der Termin passt."
„Gut, ich werde das an Nonna weitergeben. Sie freut sich schon auf dich."
„Ich mich auch", antwortete ich.
„Bella, ich werde dir dann bei den Artikeln helfen."
Ich nickte.
Nach dem Essen musste ich unbedingt an die frische Luft. Es war heute wieder ein heißer und schwüler Tag uns es würde sicher wieder ein Gewitter geben.

Ich verzog mich in den Biergarten und setzte mich.

Kurze Zeit später brachte mir Massimo ein kaltes Getränk und ich bedankte mich bei ihm.

Aus der Ferne vernahm ich leichtes Donnergrollen und schon geriet ich in leichte Panik.

Massimo der mich beobachtet hatte, ergriff meine Hand und hielt sie fest.

„Isabella? Soll ich heute wieder bei dir schlafen?"

Ich nickte mit dem Kopf.

„Massimo, können wir dann gehen? Ich gerade in Panik. Bitte! Ich sag nur noch Davide Bescheid, dass ich ihm die Artikel morgen bringen werde. Ich habe heute keine Nerven dazu."

Ich eilte ins Lokal und gab Davide Bescheid. Dieser nickte, denn er wusste um meine Phobie.

„Geht klar, Isabella! Wir sehen uns morgen wieder. Nun geh, bevor da Gewitter hier ist. Wer begleitet dich nachhause?", fragte er.

„Massimo!", gab ich zurück.

Dieser war inzwischen auch im Lokal erschienen und stand bei Enrico.

Er informierte ihn wohl, dass er heute erneut bei mir schlafen würde.

Enrico nickte und winkte mir.

Massimo kam auf mich zu und trieb mich zur Eile.

Auf dem Weg nachhause fing es leicht zu regnen an und das Gewitter war schon näher als gedacht.

Ich zitterte und bekam Probleme mit der Atmung.

Massimo machte kurzen Prozess, hob mich hoch und beeilte sich, mit mir ins Haus zu kommen.

Vorsichtig wie immer setzte er mich auf der Couch ab.

„Isabella, möchtest du etwa trinken?"

„Ja! Irgendetwas Kühles. Ich danke dir, dass du heute Nacht erneut an meiner Seite bleibst."

„Kein Problem, Bella. Ich geh mich schnell duschen und bin sofort wieder bei dir."

Ich hielt ihn zurück.

„Warte, ich komme mit. Hier bleib ich nicht alleine", erklärte ich und stand auf.

Massimo grinste, ergriff meine Hand und zog mich ins Badezimmer.

Ich zog mich ohne Umschweife aus, stellte mich unter die Dusche und Massimo gesellte sich zu mir.

Ich war langsam bereit, ihm mein Herz zu öffnen.

Während das Wasser auf uns herabrieselte drückte ich ihm die Seife in die Hand.

Fragend schaute er mich an.

„Würdest du mir bitte den Rücken einseifen?", fragte ich ihn.

Er nickte, nahm mir die Seife aus der Hand und folgte meinem Wunsch.

Ich stöhnte auf und wollte wissen, wie weit er gehen würde.

Seine Berührung machte mich fast wahnsinnig.

Er hatte sich sehr gut unter Kontrolle und reichte mir die Seife zurück, als er fertig war.

„Danke!", gab ich etwas enttäuscht von mir.

„Kein Problem! Geh dich umziehen und das Bett anwärmen. Ich bin gleich fertig und komme nach", gab er lachend von sich.

Ich verließ die Dusche, trocknete mich gründlich ab und verschwand im Schlafzimmer.

Minuten später folgte Massimo und legte sich zu mir.

Das Gewitter hatte an Intensität zugenommen und war schlimmer als gestern.

Ich geriet wieder in Panik und hyperventilierte.

Massimo zog mich zu sich, umarmte mich und versuchte mich zu beruhigen.

„Isabella, bleib ruhig und atme tief durch. Ich bin hier und dir kann nichts passieren."

Ich klammerte mich an ihn.

Zwischen uns geschah rein gar nichts.

Er rührte mich nicht an und beruhigte mich nur mit Worten.

Verwirrt über diese Tatsache schlief ich ein.

Massimo fiel es sichtlich schwer, Isabella nur mit Worten zu beruhigen.

Jedoch hatte er sich geschworen, sie nicht ohne ein ja von ihrer Seite anzurühren.

Nachdem sie eingeschlafen war, stand er auf, um sich einen Kaffee zu kochen.

Kurze Zeit später erschien auch Enrico und gesellte sich zu ihm an den Tisch.

„Konntest du sie auf deine speziell Art beruhigen?", fragte er grinsend nach.

Massimo schüttelte den Kopf.

„Nein! Auch heute habe ich sie nicht angerührt, obwohl sie es versuchte. Gutes Zureden half auch."

„Sie hat was? Es von sich aus versucht? Erkläre mir das genauer!"

„Nun, wir duschten zusammen und ich sollte ihren Rücken einseifen. Ich musste mich allerdings mehr als beherrschen."

Enrico lachte.

„Ist doch prima, denn sie versucht sich dir zu nähern. Das wolltest du doch. Wie es aussieht, schenkt sie dir langsam ihr Vertrauen. Ich wünsche dir viel Erfolg."

Massimo seufzte und nickte.

„Ich kann jetzt noch nicht schlafen, denn ich bin zu sehr aufgewühlt. Ich werde, wie versprochen Isabellas Artikel vorbereiten."

„Ich werde dir dabei helfen", gab Enrico von sich.
Nach zwei Stunden waren sie damit fertig und legten sich für den Rest der Nacht schlafen.
Als Massimo ins Schlafzimmer kam, schlief Isabella tief und fest.
Er legte sich zu ihr und zog sie wie immer an sich.

Diesmal war ich die erste, die am Morgen erwachte.
Massimo lag wie immer neben mir.
Langsam erhob ich mich und eilte in die Küche, um ein Frühstück vorzubereiten.
Ich war kaum fertig damit, als ich umarmt wurde.
Erschrocken zuckte ich zusammen.
Massimo!
„Guten Morgen, Bella! Hast du gut geschlafen?"
Ich nickte, schloss meine Augen und lehnte mich an seinen Brustkorb.
„Guten Morgen, Massi! Ja, ich habe gut geschlafen. Wie ich sehe, hast du die Artikel bereits vorbereitet."
Er schob mich sanft, aber bestimmend von sich.
„Ja und Enrico hat mir heute Nacht dabei geholfen. Du kannst sie überarbeiten und später zu Davide ins Lokal bringen. Heute ist krönender Abschluss und die Filmcrew reist am Samstag wieder ab."
Ich nickte und drehte mich zu ihm.
„Enrico auch. Ab Sonntag hat mich der Alltag wieder im Griff."
„Vergiss den Termin bei Nonna nicht, Isabella!"
„Werde ich nicht. Ich freu mich sogar darauf, sie und Maria wieder zu sehen. Ich werde ihre Lieblingstorte backen und mitbringen."
Massimo lachte, drückte ihr einen Kuss auf die Stirn und half dabei den Tisch zu decken.
Kurze Zeit später gesellte sich Enrico dazu.

Ich dankte beiden, dass sie bei den Artikeln geholfen hatten.

Nach dem Frühstück brachen wir ins Lokal auf.

Ich wurde für den Abschlussdreh gestylt und gegen Mittag, war alles im Kasten.

Das Fernsehteam bedankte sich bei uns allen und in den nächsten Wochen sollte alles viral gehen.

Als Abschluss kochten wir noch einmal zusammen und wollten uns gegen einundzwanzig Uhr wieder im Lokal treffen, um unseren Erfolg zu feiern.

Ich eilte nachhause, duschte, legte mich noch etwas schlafen, um für heute abends fit zu sein.

Enrico weckte mich.

„Bella, aufstehen! Wir werden bereits erwartet."

Ich schoss hoch, eilte ins Bad und verpasste mir für diesen Abend einen extrem sexy Style.

Vielleicht gelang es mir Massimo damit zu verführen.

Ich hatte gestern Nacht bemerkt, als er mich einseifte, dass er sich kaum unter Kontrolle halten konnte.

Vielleicht gelang es mir heute, ihn aus der Reserve zu locken. Es war extrem heiß und der Wetterbericht hatte Sturmböen und Gewitter vorausgesagt.

Enrico grinste mich süffisant an, als ich das Bad verließ.

„Wow, Bella! Heiß siehst du aus. Was beabsichtigst du mit deinem Aussehen? Mir scheint, Massimo ist wohl heute Nacht fällig!"

Ich seufzte.

„So einfach wird das nicht. Er vermeidet es so gut wie möglich, sich mir zu nähern und hat sich extrem unter Kontrolle. Selbst gestern beim Einseifen, ließ es ihn kalt. Ich muss mir etwas Besonderes einfallen lassen."

„Kleiner Tipp von mir, Bella. Signalisiere ihm einfach, was du von ihm möchtest. Ich denke er wartet auf ein deutliches Zeichen von dir. Ich hatte vor Tagen ein

Gespräch mit ihm und er erklärte mir, dass er dich ohne deine Erlaubnis in Sachen Sex, nie mehr von sich aus anrühren würde. Du solltest ihm ein Stückchen entgegenkommen. Ihr beide seid unglaublich! Ohne Anstupser von Außenstehenden wird das wohl nichts bei euch."

„Ich werde es versuchen und abwarten. Ganz ehrlich Enrico. Ich liebe diesen Chaoten."

„Dann sie zu, dass du es in den Griff bekommst. Wir sollten jetzt langsam los, ich habe Hunger", gab er grinsend von sich.

Als wir im Lokal ankamen, nahm mich Giacomo zur Seite.

„Gut siehst du aus, Isabella. Du bist eine extrem heiße Frau. Ich freue mich schon auf die nächste Fashion Week in Mailand mit dir. Du bist für Maurizio, mich und Armando das beste Zugpferd. Sag schon wen willst du heute mit deinem Extremoutfit verführen? Massimo? Mit den Klamotten hast du bei ihm sicher Erfolg", gab er lachend von sich.

Ich blickte mich um, aber konnte Massimo nirgendwo finden.

Aldo kam auf mich zu und teilte mir mit, dass er sich um eine Stunde verspäten würde.

Ich ahnte nichts Gutes.

Mein Bauchgefühl meldete sich und als erstes kam mir Mariella in den Sinn.

Und so war es dann auch.

Wir hatten gerade angefangen zu essen, als Massimo mit Lorenzo und Mariella erschien.

Es wurde urplötzlich still im Raum und alle blickten in meine Richtung.

Ich schluckte, versuchte meine aufkommende Wut zu unterdrücken und gab mich völlig gelassen.

Am schlimmsten für mich war, dass alle drei sich mir gegenübersetzten.

Vor allen Dingen Mariellas Anblick, die mich während des Essens dauerhaft und provozierend angrinste.

Massimo vermied dauerhaft den Blickkontakt mit mir. So ein Feigling.

Ich ließ ihn links liegen und verzog mich nach dem Essen in den Biergarten.

So musste ich Mariellas Anblick nicht ständig ertragen.

Lorenzo folgte mir nach einiger Zeit und hatte zwei Tassen Kaffee dabei.

„Darf ich mich zu dir setzen, Isabella?"

Ich nickte und nahm die Tasse entgegen, die er mir reichte.

„Eine hübsche Frau bist du! So richtig zum Anbeißen. Massimo hat wirklich Glück, dich als Freundin zu besitzen."

Ich lachte auf.

„Lorenzo, er besitzt mich nicht! Im Moment besitzt ihn wohl eher Mariella! Mich wird nie jemand besitzen und keiner hat Anspruch auf mich! Ich ahnte, dass dieses Schauspiel erneut von vorne beginnt. Was zum Teufel bezweckt Mariella mit ihren Auftritten? Egal! Lass uns den Abend genießen."

„Liebst du Massimo, Isabella?"

„Ganz ehrlich, Lorenzo? Ich bin mir in Bezug auf ihn, nicht mehr sicher, weil er sämtliche Absprachen mit mir dauerhaft bricht. Lassen wir bitte das Thema! Ich möchte heute Abend nur Fun haben."

Von drinnen erklang Musik und man schien in den gemütlicheren Teil übergegangen zu sein.

Lorenzo stand auf und reichte mir seine Hand.

„Würdest du mir einen Tanz schenken, Isabella?"

Ich nickte, erhob mich ebenfalls und ließ mich von ihm

ins Lokal führen.

Als ich einen Blick in die Runde warf, sah ich Massimo gelangweilt an einem der Tische sitzen.

Mariella hatte sich Maurizio geschnappt und erhoffte sich wohl etwas anderes.

Ich grinste und dachte so bei mir, was sie doch für eine dumme, ungebildete Pute war.

Noch wusste sie nichts von seiner Neigung.

Bevor das Lied endete, eilte Giacomo auf mich zu und übernahm mich.

Er amüsierte sich ebenfalls köstlich über Mariella.

„Weißt du was Isabella? Diese Kuh, kann dir einfach nicht das Wasser reichen! Sie ist einfach penetrant!"

„Sag das mal Massimo! Er hat mich heute erneut mehr als enttäuscht."

„Deshalb bekommt er auch von allen anwesenden Männern eine kleine Lektion erteilt. Wir haben uns abgesprochen, dass er nicht dazu kommt mit dir zu tanzen. Er wirkt jetzt schon angesäuert. Soll er ruhig zappeln", gab Giacomo lachend von sich.

Ich wurde von Einem zum anderen weitergereicht und Massimo guckte in die Röhre.

Mariella die ihn ein paar Mal zum Tanzen aufforderte wurde eiskalt von ihm abgewiesen.

Ich forderte irgendwann eine kleine Pause für mich ein, schnappte mir ein Getränk und verschwand in den Garten.

Kurze Zeit später erschien Massimo und eilte auf mich zu.

Er zog mich besitzergreifend an sich und versuchte mich zu küssen.

Bestimmend schob ich ihn von mir.

„Was soll das, Isabella?", fragte er mich.

Ich sah ihn herausfordernd an.

„Was soll was, Massimo?", gab ich zurück.

„Dein ganzes Verhalten heute Abend mir gegenüber. Ich kam einfach nicht dazu, mit dir zu tanzen!"

„Mein Verhalten? Du spinnst ja wohl! Wer verhält sich den hier eigenartig? Doch du! Wer verletzt denn hier ständig unsere Absprachen. Ich sage nur Mariella! Lass mich einfach für den Rest dieser Woche zufrieden", brüllte ich ihn an.

„Was ist mit dem Treffen zwischen dir und Nonna? Fällt es jetzt aus?"

„Nein! Dazu benötige ich dich nicht! Ich habe es mit ihr und nicht mit dir! Du darfst gerne fern bleiben!"

Ich rannte regelrecht ins Lokal und stieß mit Enrico zusammen, der mich erstaunt musterte.

„Bella, was ist los? Du bist kreidebleich!"

Ich zog ihn an einen Tisch und erzählte, was gerade vorgefallen war.

„Unter diesen Umständen werde ich mich erneut von Massi distanzieren. Ich weiß, wie das ausgeht. Darauf kann ich verzichten."

Enrico versuchte mich zu beruhigen.

„Bella, er machte nicht den Eindruck, dass er sich auf Mariella eingelassen hat. Eigentlich brachte Lorenzo sie als Überraschungsgast mit, nicht Massimo. Sie kamen nur zusammen. Übertreibst du jetzt nicht ein wenig?"

„Nein! Du wirst mich nicht umstimmen! Ich bleibe auch nicht mehr lange. Mir reicht es für heute! Es scheint ein erneutes Gewitter aufzukommen und ich möchte dann bereits zuhause sein!"

Enrico grinste.

„Mit Massimo?", hakte er nach.

„Ohne!", blaffte ich zurück.

„Und du denkst, dass du dies auch schaffst?"

„Da werde ich wohl durch müssen! Ich sollte es in

Angriff nehmen."

„Okay, Bella. Deine Entscheidung. Allerdings kannst du auch auf mich warten."

„Danke, aber bleib du mal hier und feire schön weiter. Du bist nicht mein Kindermädchen. Ich gehe dann mal. Bis später!"

Enrico drückte mir noch einen Kuss auf die Wange.

„Bella, wenn du es nicht aushältst, ruf mich an!"

„Wird schon schief gehen", gab ich lachend zurück.

Ich verabschiedete mich noch von den anderen und machte mich auf den Nachhauseweg.

In der Ferne hörte man schon ein leichtes Grollen und ich hoffte inständig, dass ich diese Nacht ohne meine Phobie überstehen würde.

Massimo wusste, dass er einen Fehler gemacht hatte. Er hätte alleine erscheinen sollen, denn es war klar, dass Isabella alles in den falschen Hals bekommen hatte.

Innerlich fluchend über seine eigene Dummheit, stand er auf.

Aus der Ferne hörte er ein Donnergrollen.

Er eilte ins Lokal und blickte sich suchend um.

Isabella war nirgends zu sehen.

Enrico winkte ihn zu sich.

„Falls du Bella suchst, sie ist nachhause gegangen. So wie es aussieht hast du ab heute schlechte Karten bei ihr. Ich konnte sie nicht vom Gegenteil überzeigen."

„Du sagst mir jetzt nicht, dass sie alleine weg ist!"

„Doch! Sie wollte es so! Falls sie nicht klar kommt, ruft sie mich an!"

Eine halbe Stunde später entlud sich, wie am Tag zuvor, ein heftiges Gewitter.

Massimo hielt die Ungewissheit über den Zustand von Isabella nicht mehr aus.

Inzwischen hatte sich das Unwetter extrem verstärkt.

„Enrico, gib mir bitte deinen Schlüssel! Ich werde jetzt zu Bella gehen, denn ich habe kein gutes Gefühl."

„Sie wird schon anrufen, wenn sie es nicht aushält!"

„Wird sie nicht! Sie gerät bei so einer Intensität völlig außer Kontrolle. Ich habe das schon etliche Male bei ihr erlebt! Vertrau mir!"

„Okay! Damit ich dann ins Haus komme, wenn das Unwetter nachgelassen hat, hinterlege den Schlüssel im Tontopf vor der Haustür. Soll ich mitkommen?"

„Nein! Du weißt doch, dass nur ich sie in dieser Situation beruhigen kann. Bis Morgen, Enrico!"

„Viel Glück!"

„Danke!"

Massimo beeilte sich, um schnellstens bei Isabella zu sein und traf dort klatschnass ein.

Kaum war ich zuhause angekommen, zuckten bereits die ersten Blitze auf.

Ich bekam Panik, setzte mich aufs Bett und versuchte mich selbst in den Griff zu bekommen.

Vergebens.

Je heftiger das Gewitter wurde, umso schlimmer stieg Angst in mir hoch.

Ich hyperventilierte wieder und bekam kaum noch Luft.

Wäre ich doch nur im Lokal geblieben.

Heulend zog ich das Bettlaken über meinen Kopf und drückte mich zitternd in die äußerste Ecke des Bettes.

Die Zeit verging und ich war schon halb wahnsinnig vor Angst, als mir jemand das Laken vom Kopf zog.

Erschrocken schrie ich auf und erblickte Massimo.

Erleichtert fiel ich ihm in die Arme und er drückte mich ganz fest an sich.

„Geht's dir gut, Isabella?", fragte er.

Ich nickte.

„Jetzt ja, Massimo!", gab ich erleichtert zurück.

Er redete beruhigend auf mich ein, legte sich zu mir und irgendwann schien ich eingeschlafen zu sein.

Nachdem Massimo sie beruhigt hatte, stand er auf und holte sich ein Bier aus dem Kühlschrank.

Das Gewitter ließ nach und dann erschien Enrico.

„Wie geht es ihr, Massimo?"

„Sie schläft!"

„Gab es ein Problem?"

„Nein, sie war froh darüber mich zu sehen. Wie immer das gleiche Spiel. Ich geh wieder zu ihr. Bis morgen, Enrico."

Dieser nickte und verzog sich ins Gästezimmer.

Massimo legte sich zu Isabella und sie schmiegte sich fest an ihn.

Er war gespannt, wie sie am nächsten Tag auf ihn reagierte.

Mitten in der Nacht wachte ich auf und spürte einen Körper neben mir. Erschrocken schoss ich hoch.

Massimo!

Ich stand auf, griff mir ein Kopfkissen, legte mich ins Wohnzimmer auf die Couch und versuchte noch etwas zu schlafen.

Mir war es gar nicht recht, dass ich mich Massimo so an den Hals geworfen hatte.

Ich sollte endlich eine Therapie beginnen.

Massimo war, obwohl ich ihn so angegangen war, ohne mit der Wimper zu zucken, zu mir geeilt, um meine Panik in den Griff zu bekommen.

Mir ging so einiges durch den Kopf und dann war ich noch einmal eingeschlafen. Wach wurde ich durch einen Kuss.

Ich öffnete die Augen und blickte in die von Massimo, die mich intensiv musterten.

Langsam setzte ich mich auf und hielt mir den Kopf.

Massimo schaute mich fragend an.

„Alles okay bei dir, Isabella?"

„Nein! Das gestrige Unwetter und die Angst haben mich völlig aus der Bahn geworfen. Ich fühle mich heute total schlapp", erklärte ich ihm.

Massimo lachte.

„Zum Glück bleibt das Lokal wegen der Aufnahmen noch bis zum Wochenende geschlossen! Darf ich dich heute etwas verwöhnen, Bella? Vielleicht geht es dir dann besser."

Ich blickte ihn schräg von der Seite an.

„Was hast du mit mir vor, Massimo?"

„Nichts, was du nicht auch willst, Bella."

Ich wollte ihm gerade eine passende Antwort geben, als Enrico erschien und mich angrinste.

„Verdammt noch mal, Isabella! Jetzt stell dich nicht so an. Genieß es einfach, dich von einem Mann von vorne bis hinten verwöhnen zu lassen. Du hast es dir nach all den Strapazen verdient und Massimo ist die perfekte Person dafür."

Ich überlegte.

„Okay! Ich habe sowieso nicht die Kraft dazu, mich heute unnötig zu streiten. Tu was du nicht lassen kannst, Massimo."

Beide Männer blickten sich wissend an.

Enrico bereitete das Frühstück zu und wir nahmen es gemeinsam zu uns.

Massimo machte mir einen Vorschlag.

„Du hast so einen wunderschönen Garten, Bella. Was hältst du davon, wenn wir beide uns später etwas in die Sonne legen und relaxen?"

„Gute Idee! Ich besorge für heute etwas Grillgut. Nur wir drei!", warf Enrico ein.

Ich nickte nur.

Massimo stand auf und verschwand auf die Terrasse, um alles vorzubereiten.

Enrico grinste mich frech an.

„Deine weitere Chance, um ihm näher zu kommen. Ich verschwinde dann und hole deine bestellten Teile im Baumarkt ab. Vertragt euch! Vor heute Abend bin ich nicht zurück."

„Mein Gott, Enrico! Verschwinde einfach! Ob ich ihm näher komme oder nicht, entscheide ich selbst!"

Ich verschwand im Schlafzimmer und zog meinen neuen Bikini an.

Ich fand ihn allerdings mehr als knapp und hatte ihn mir von Giacomo aufschwatzen lassen.

Dieser jedoch fand, dass ich ihn mit meiner sexy Figur ohne weiteres tragen konnte.

Als ich in die Küche kam, war Enrico bereits schon verschwunden und ich fand nur Massimo vor.

Er trank gerade eine Dose Coke, verschluckte sich heftig und hustete, als er mich erblickte.

„Nicht so gierig", gab ich von mir.

Ich grinste, lief auf ihn zu und klopfte ihm auf den Rücken.

Bevor ich nach draußen verschwinden konnte, griff er nach mir und zog mich ganz fest an sich.

Unsere Blicke kreuzten sich.

„Isabella ich warne dich! Provoziere mich nicht, sonst kann ich für nichts mehr garantieren."

„Massimo, wieso sollte ich dich provozieren? Vor allen Dingen mit was? Mir scheint so, als wenn du ein Problem hast!"

„Ja, habe ich! Mit dir! Mir bereitet dein aufreizendes

Erscheinungsbild Probleme!"
Ich lachte.
„Dafür kann ich nichts! Es ist dein Problem, nicht das von mir! Behalte es, ich schenk es dir!"
Genervt drückte ich ihn von mir, doch er zog mich erneut zurück.
„Ich stelle gerade fest Isabella, dass du dich zu einem kleinen, berechnendem Biest entwickelst. Was hast du vor?"
„Nichts, was du nicht auch willst, Massimo."
„Gut Isabella, du hast es so gewollt."
Eh ich mich versah, hob er mich hoch und eilte mit mir ins Schlafzimmer, wo er mich aufs Bett legte.
Ich ahnte was geschehen würde.
Einerseits wollte ich es, andrerseits wiederum nicht.
Bevor ich reagieren konnte, hatte er mich ausgezogen, lag nun über mir und zögerte.
Mein Blick kreuzte erneut seinen.
„Was willst du, Massimo? Was?", fragte ich.
Er grinste.
„Sag du es mir, Isabella!", gab er zurück und fing an mich energisch zu küssen.
Ich sträubte mich und bemerkte, wie sich bei ihm einiges regte.
Trotzdem bekam ich heftiges Herzklopfen und genoss den Umstand, in den er mich gerade brachte.
Irgendwann gab ich meinen Widerstand auf.
Ich stöhnte laut und Massimo fixierte mich.
„Sag es endlich, Bella!"
Ich wusste, dass er mich nicht anrührte, solange ich es ihm nicht gestatten würde.
Er hatte sich wirklich sehr gut unter Kontrolle, was ich von mir nicht behaupten konnte.
Nun lag es an mir und ich musste eine Entscheidung

treffen.

Ich blickte ihn an und sagte das, was er hören wollte.

„Tu es, Massimo!"

Und er tat es.

Er fiel regelrecht über mich her.

Danach war ich ziemlich erledigt.

„Wenn du wüsstest, wie ich das vermisst habe, Bella", gab er von sich, stand auf und verschwand im Bad.

Ich zog meinen Bikini an und eilte in den Pool.

Die Erfrischung tat mir gut, ich bekam wieder einen klaren Kopf und mir wurde bewusst, was ich getan hatte.

Kurz darauf gesellte sich Massimo zu mir und zog mich erneut an sich.

Als er mich küssen wollte, wandte ich meinen Kopf ab.

Erstaunt blickte er mich an.

„Nicht dein Ernst, Isabella! Wieso gehst du jetzt auf Distanz?"

„Mir ist klar geworden, dass ich vorhin einen Fehler gemacht und die Kontrolle über mich verloren habe. Du hattest was du wolltest! Also belasse es dabei."

„Okay, ich habe verstanden. Also alles wieder zurück auf null! Wenn du eine Wiederholung möchtest, sag mir Bescheid und ich stehe zur Verfügung. Trotzdem danke ich dir."

„Halt die Klappe, Massimo! Ich will das nicht hören, denn ich fühle mich mehr als mies!"

Er lachte.

Ich schwamm zur Leiter, um den Pool zu verlassen, doch er zog mich zurück, drückte mich an den Rand und küsste mich ohne Vorwarnung.

Als er mich endlich los ließ, verließ ich so schnell ich konnte den Pool.

Völlig entnervt schlang ich ein Badelaken um mich,

setzte mich auf einen der Liegestühle und schloss die Augen.

Massimo schwamm noch einige Runden und verließ dann ebenfalls das Becken.
Er trocknete sich ab, zog sich an und schaute nach Bella.
Sie war eingeschlafen und er deckte sie mit einer leichten Wolldecke zu.
Innerlich musste er grinsen.
Er hatte sie vorhin extrem provoziert und sie gab ihm endlich das, was er sich erhofft hatte.
Sie war wirklich ein Biest. Genossen hatte er trotzdem die Zweisamkeit mit ihr.
Er holte zwei Getränke aus dem Kühlschrank und legte sich in den Liegestuhl daneben.
Eine Stunde später erschien Enrico mit Steaks und einem Kasten Bier.
Massimo erhob sich und signalisierte ihm, dass Bella schlief.
Enrico grinste süffisant.
„Und? Mission erfüllt?"
„Ja! Leider nicht so verlaufen, wie ich es mir erhofft habe. Ich muss wieder bei Null anfangen."
„Was ist passiert, Massimo?"
Er setzte sich mit Enrico in die Küche und erklärte ihm, was vorgefallen war.
„Das wird schon, Massimo. Hab mit ihr einfach nur Geduld", gab er lachend von sich
Beide kümmerten sich um das Essen für den heutigen Abend, als Isabella in der Küche erschien.
„Kann ich euch helfen?"
Enrico musterte sie von oben bis unten und lachte.
„Du siehst recht blass aus, Bella! Anscheinend hat dich

Massimo so richtig hergenommen. Kein Wunder bei diesem Bikini. Der Ein- und Anblick macht wohl jeden Typ scharf."
Entsetzt blickte ich Enrico an und musste meine Tränen unterdrücken, bevor ich ihm antwortete.
„Diesen blöden Spruch hättest du dir echt verkneifen können. Ihr dürft euren Grillabend ohne mich feiern. Mir ist der Appetit vergangen. Danke Massimo, dass du unsere intimen Aktionen mit meinem Halbbruder besprichst. Ich schlafe heute im Gästezimmer!"
Ich drehte mich auf dem Absatz um, verschwand und schloss die Tür ab.
Heulend warf ich mich auf Bett.
„Verdammt, Enrico! Musste das jetzt sein? Du machst alles nur noch schlimmer!"
Enrico nickte.
„Sorry, du hast Recht. Ich werde mich sofort bei ihr entschuldigen", gab er geknickt von sich.
„Ich komme mit und hoffe sie lässt mit sich reden."
Beide Männer eilten zum Gästezimmer und klopften.
Keine Reaktion.
Enrico versuchte es noch einmal.
„Bella bitte mach auf. Es tut mir leid. Ich habe das doch nicht so gemeint."
Keine Reaktion.
„Isabella, bitte öffne die Tür und lass uns reden", versuchte es Massimo.
„Verschwindet!", brüllte sie.
„Falls du es dir anders überlegst, komm raus. Wir haben jede Menge Steaks hier. Du findest uns dann im Garten", gab Massimo zurück.
Ich hörte, wie beide verschwanden, schlich mich ins Schlafzimmer und zog mir einen Jogginganzug an.
Auf dem Rückweg traf ich auf Massimo, der ins Bad

wollte.

Ich erschrak und versuchte an ihm vorbeizukommen.

Er hielt mich zurück und zog mich an sich.

„Bella, bitte komm mit nach draußen. Enrico hat es doch nicht so gemeint und es tut ihm echt leid. Lass uns einfach diesen Abend genießen."

„Nein! Ich will nicht!", sträubte ich mich.

„Gut, dann eben anders Isabella! Du musst! Mir reicht deine Zickerei!"

Bevor ich wieder einmal reagieren konnte, hob er mich hoch und brachte mich in den Garten, wo er mich etwas unsanft auf einen der Stühle absetzte.

„Autsch, du Idiot!", brüllte ich ihn an.

„Sei endlich still, Isabella und bleib sitzen!", schrie er zurück.

Ich zuckte zusammen.

Massimo holte einen Teller für mich, legte ein Steak darauf und knallte ihn vor mir auf den Tisch.

„Hier! Iss! Wenn du mehr möchtest, sag Bescheid!"

Ich sah ihn entsetzt an, nahm ein paar Bissen zu mir und dann kamen mir urplötzlich die Tränen.

Zitternd stand ich auf.

„Ich zieh mich jetzt zurück. Mir geht es nicht gut. Tut mir leid, wenn ich euch den Abend verdorben habe."

Massimo blickte mich durchdringend an.

„Es ist besser, wenn du im Schlafzimmer schläfst. Ein neues Gewitter ist angesagt. Ich bring dir dann eine Flasche Wasser. Gute Nacht!"

„Danke, aber die Flasche Wasser kann ich mir selbst mitnehmen", gab ich zurück.

Allerdings nahm ich mir eine Flasche Wein aus der Kühlung und kein Wasser. Vielleicht half der Alkohol mir, dass Gewitter heute Nacht ebenso zu überstehen, wie die Anwesenheit Massimos.

211

Ich zog mir Unterwäsche an und setzte mich ins Bett.

Die Flasche Wein war schnell geöffnet und ich nahm einen Riesenschluck.

Nach einer halben Stunde war sie leer und ich voll bis zum Stehkragen.

Draußen wütete inzwischen das Gewitter.

Ich kicherte vor mich hin und dann schaute Massimo nach mir.

Sein Blick fiel auf die leere Flasche Wein.

„Nicht dein Ernst, Isabella! Du bist ja vollkommen dicht und außer Kontrolle!"

„Na und! Es gefällt dir doch, wenn ich völlig außer Kontrolle bin. Dann kannst du mich wieder anbrüllen, herumschubsen, grob anfassen und mit mir machen, was du möchtest", gab ich von mir, zog ihn ins Bett und setzte mich über ihn.

Verzweifelt versuchte er mich von sich zu ziehen.

„Verdammt! Isabella, hör auf damit und steig von mir runter!"

„Was wenn nicht? Was passiert dann?"

„Teste es aus und du erfährst es! Also? Wie wirst du dich entscheiden?", gab er lachend von sich.

„Ich wähle den Test! Und jetzt?"

Zwischen uns gab es ein kleines Gerangel.

Massimo gewann und drehte mich auf die Seite.

„Jetzt gib Ruhe, Bella!", gab er von sich und umarmte mich.

Ich schlug seine Hand weg.

„Fass mich nicht an du Ekel!", blaffte ich.

Massimo zog seine Hand zurück und wandte mir seinen Rücken zu.

„Wie du wünscht, Principessa. Ich tu nichts, was du nicht auch willst!"

„Na, dann sind wir ja erneut einer Meinung!", stimmte

ich ihm zu.

Kurze Zeit später hörte ich ihn gleichmäßig atmen. Er war eingeschlafen.

Das Unwetter nahm zu und ich geriet wieder in Panik.

Vorsichtig drehte ich mich zu ihm, rutschte näher, kuschelte mich an ihn, als er mich ansprach.

„Isabella, nimm deine Hand da weg. Was für mich gilt, solltest auch du bei mir respektieren."

Ich schrak zusammen.

„Ich dachte du schläfst?"

„Nein! Solltest du es wünschen, dass ich dich in die Arme nehmen soll, dann sag es!"

„Vergiß es!", gab ich von mir und drehte mich wieder weg von ihm.

Entnervt legte ich das Kissen über meinen Kopf.

So musste ich zumindest nicht die Blitze ertragen.

Bei jedem Donnerschlag zuckte ich zusammen und zitterte am ganzen Körper.

Ich rutschte bis in die äußerste Ecke meines Bettes, heulte leise vor mich hin, als Massimo mich in seine Arme zog.

„Komm her du Sturkopf! Ich kann einfach nicht mit ansehen, wie du leidest. Schlaf jetzt!"

Um seine Worte zu bestärken, drückte er mir einen Kuss auf die Wange.